阳光少年记事本

——一个 15 岁少年的成长手记

殷子豪　著

中国海洋大学出版社

·青岛·

图书在版编目(CIP)数据

阳光少年记事本:一个15岁少年的成长手记 / 殷子豪著. —青岛:中国海洋大学出版社,2016.3
ISBN 978-7-5670-1111-3

Ⅰ.①阳… Ⅱ.①殷… Ⅲ.①随笔－作品集－中国－当代 Ⅳ.①I267.1

中国版本图书馆 CIP 数据核字(2016)第 060886 号

出版发行	中国海洋大学出版社		
社　　址	青岛市香港东路 23 号	邮政编码	266071
出 版 人	杨立敏		
网　　址	http://www.ouc-press.com		
电子信箱	cbsebs@ouc.edu.cn(选题投稿信箱)		
订购电话	0532－82032573(传真)		
责任编辑	王　晓	电　话	0532－85901092
印　　制	青岛国彩印刷有限公司		
版　　次	2016 年 3 月第 1 版		
印　　次	2016 年 3 月第 1 次印刷		
成品尺寸	140 mm×203 mm		
印　　张	4.375	彩　图	12 页
字　　数	100 千		
定　　价	23.00 元		

（摄影：潘峰）

2014年10月，子豪与家长一起分析初二年级作文全册训练要点，准备抓出写景的单元进行自我"磨炼"。

2014.10.？

多角度写景

写角度：
俯视、仰视 （看罗顶）
近观、远观 （抓大处、看得全喽）
静态、动态
密处、稀处 （全景处，力体面、局部处）冲人么
远景、近景

写作题：————五台山

1. 6:00～7:00分
2. 写出立到五处景物的顺序（写大、写细，写角度）
3. 详略得当，简写描绘细，写景细心，写景要抓住重点的样子。
特点。

40～43.
43～45.
45～47.

训练重点及顺序分析

八册作文要求及略事分析

第一单元：学习写消息   通讯、书信、消息

第二单元：叙事要详略得当   写人、记事

第五单元：综合表达，说事理   夹叙夹议

第六单元：多角度描写景物   写景

第三单元：说明要抓住特征   说明文

第四单元：使用恰当的说明方法   说明文

2014年10月，借助一次国庆长假的旅行，子豪和家长开始了对景物写作的"磨文"。

《佛韵绝美五台山》第一稿（一）：

《佛韵绝美五台山》第一稿（二）："磨文"的过程就是一次亲子笔谈。

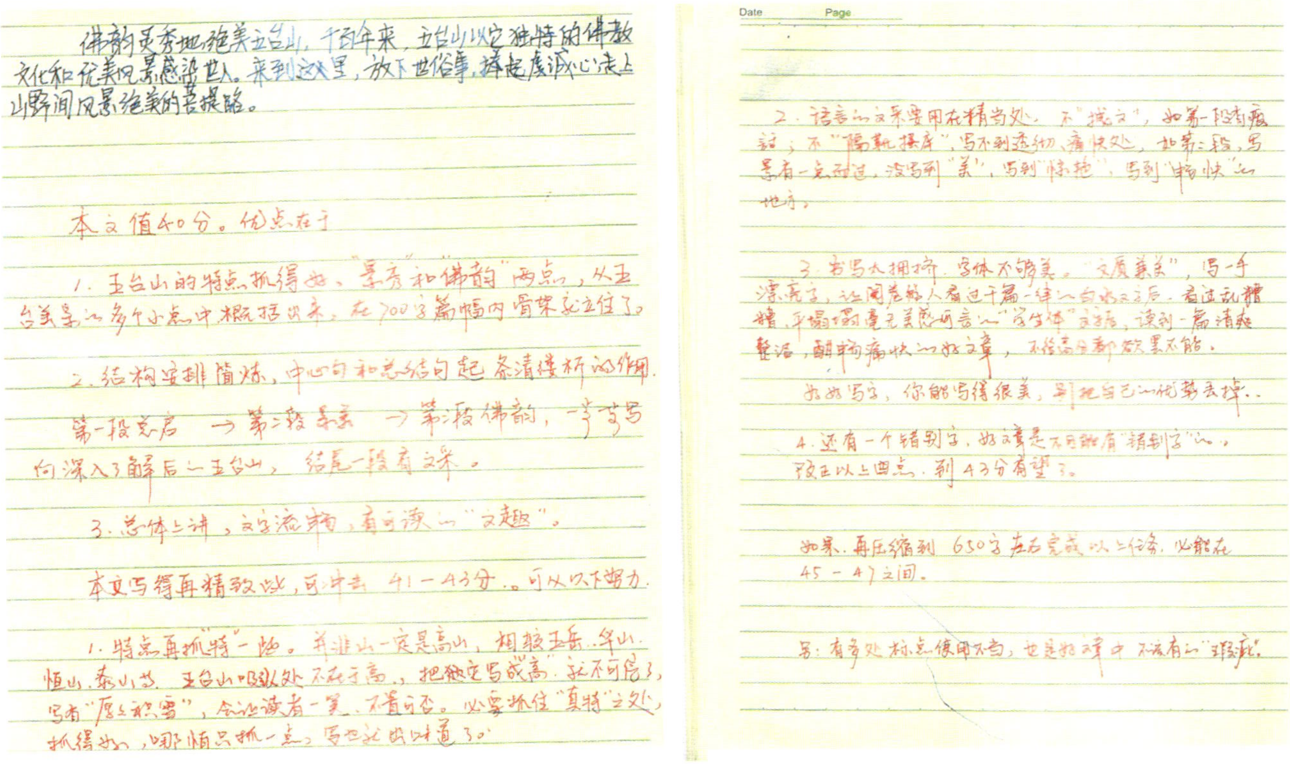

佛韵灵秀地，绝美五台山。千百年来，五台山以它独特的佛教文化和优美风景感染世人。来到这里，放下世俗事，捧起虔诚心走上山野间风景绝美的菩提路。

本文值40分。优点在于

1. 五台山的特点抓得好，"灵秀"和"佛韵"两点，从五台美景的多个小点中概括出来，在700字篇幅内骨架就立住了。

2. 结构安排简练，中心句和总结句起条清缕析的作用。

第一段总启 → 第二段灵秀 → 第三段佛韵，一步步写向深入了解后的五台山，结尾一段有文采。

3. 总体上讲，文字流畅，有可读的"文趣"。

本文写得再精致些，可冲击41—43分。可从以下努力。

1. 特点再抓"特"一些。并非山一定是高山，相较五岳，华山、恒山、泰山等，五台山吸引处不在于高，把它定写成高，就不可信了，写者"唇之秘雪"，会让读者一笑，不置可否。必要抓住"真特"之处，抓得好的，哪怕只抓一点，写出味道了。

2. 语言的文采要用在精当处，不"掉文"，如第一段的开头；不"隔靴搔痒"，写不到透彻、痛快处，如第二段，写景有一定功底，没写到"美"，写到"惊艳"，写到"畅快"的地方。

3. 书写太拥挤，字体不够美。"文质兼美"，写一手漂亮字，让阅卷的人看过千篇一律的白水文之后，看这乱糟糟、平塌塌毫无美感可言的"学生体"文稿后，读到一篇清爽整洁、酣畅痛快的好文章，不给高分都欲罢不能。

我的写字，你能写得很美，别把自己的优势丢掉。

4. 还有一个错别字，好文章是不能有"错别字"的。

改正以上四点，到43分有望了。

如果，再压缩到650字左右完成以上任务，必能在45—47之间。

另：有多处标点使用不当，也是好文章中不该有的"瑕疵"。

佛韵绝美五台山

"山不在高，有仙则名"，每一座山，人们心目中……

《从乔家大院看乔氏成功路》第一稿（一）：

Date ___ Page ___

1. 可写利15mio讨，把继老板作论

2. 增加"免灾""鸟采"、"鸟盖"长，论述更贵翻科扫戏一些"齐苦大院"，一段景.

3. 书写盈是1门较，文行，等等，重从田新至，大择在电脑阅看片，摆眼碎场，一句看数、一句十来.

4. 朴文乡多向阐消一，错误太糊碎……惟坐，一起爱没有还写……罪甲运多"，正机末乃约缩曲，句话面1尺次.

监版马拒
行家评人烟人
韵各词丹布
第一放曲光是
稿件太随ye

8

《从乔家大院看乔氏成功路》第二稿：

学会说点道理

Date _____ Page _____
2014. 12. 28

自多梳理要点：

一、弄清"说道理"的已法

一、弄清要点

二、格式义

三、托物言志

《我不忘那件事后悔》
《那思昼——到阳光》
《这里也有乐趣》

（600－850字）
一中

子豪的作品不是篇篇精品，但在每一次"磨文"中，他都对自己的状况有新的发现，"磨文"的过程就超出了文字功力学习的过程。

《不必次次赢，其实也快乐》初稿：

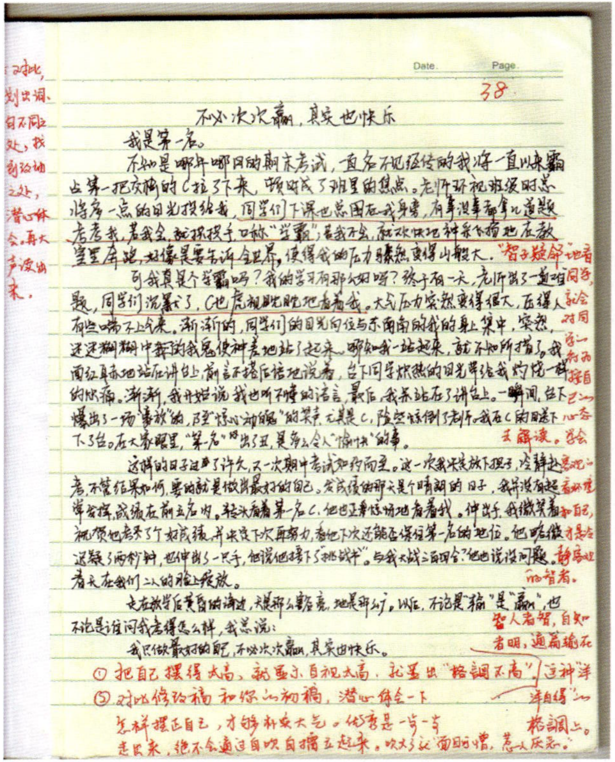

家长调整后形成对比学习的"下水文"：

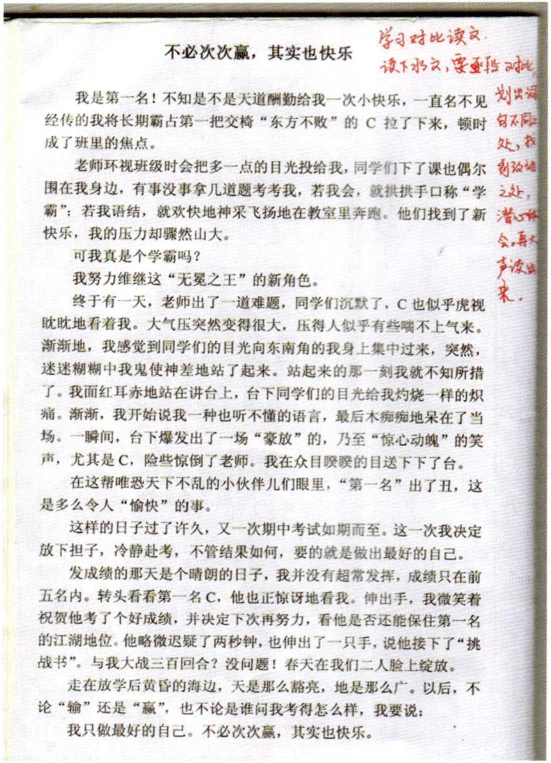

不必次次赢，其实也快乐

我是第一名！不知是不是天道酬勤给我一次小快乐，同学们的一次小快乐，"东方不败"的 C 拉了下来，顿时引来了班里羡慕的焦点。

经过的我终于期盼而占第一把交椅。有事没事车儿迫遥跑来考我。成绩排满口味表。若没讲练，就会快地神采飞扬地在教室里乐来乐。快乐、我的压力却与骤然山大。

可我真是个学霸吗？

终于出了。老师出了一道连题。同学们沉默了。C 也似乎想视�地看看我。同学似乎有着两朵山上事中过来、笑，速渐朦胧中我见他伸出手来了起来。站起来的那一刻，台下同学们的目光恰恰就不知所措了。我面红耳赤地站在桌子上，最后未用米的那一霎，一瞬间，一种也似不确的话语，一种勇发起似倒了台台。万言"惊心动魄"了当场，尤其是 C，隐若做倒了老师，我在众目睽睽的目光下下台。这是会么令人"尴尬"的笑。

在这难懂天下不乱的小件儿们眼里，这是多么令人"尴尬"的事。

这样的日子过了许久，又一次期中考试如期而面在来。这一次我决定放下笔、冷静思考。不管我多努力，要做的最好的自己。

发成绩的那一是十不出啊啊前日光看法。成绩只往前的还湖地位。与父又好好看一眼。看他谁否还能考第一名。

五分之内。转头去看看第二名的 C 也走低前次再努力，并决定了关在意自己。

走在故安有窗的涯道上，天是那么路亮。地是那么亮丽。，我变记：

论，"输"还是"赢"，也不论谁向我变考得怎么样。我只做最好的自己，其实也快乐。

阳光灿烂的少年时代是我人生中第一个闪亮的时代，

我虔诚地、深深地品味它，

并为它的甘美心怀感激。

——题记

小作者部分见报习作

1.《刘佳佳老师——教我做个优秀人》(2015 年 9 月 14 日《青岛日报》)

2.《"内蒙汉子"律师傅》(2015 年 11 月 2 日《青岛日报》)

3.《泛舟奥帆基地》(2015 年 11 月 18 日《半岛都市报》)

4.《秋日乐游八大关》(2016 年 4 月《青岛当代文学》)

序

已见风姿美　仍闻艺业勤

——拥抱生活的少年

第一次见子豪,清晰记得那时他还是一个活泼淘气、口齿伶俐的孩子。没想到十年过后,竟然读到他的文字。欣喜之余,莫名的激动油然而生。透过他的文字,我依稀看到了一个热爱生活、稳健成长的阳光少年。

打动人心的表达一定来自于对真实生活的体验。"读人"、"读事"、"读城"三个主题下的文章,全面展现了子豪拥抱生活、用心去感受自然和社会后的思想与情感。这何其珍贵! 当前,作为一种普遍现象,身处学校"围城"中的青少年,生活多被机械的课堂与高度学科化的知识所阻隔,他们靠着听觉和想象去触摸生活,学习的过程和生活的过程几乎分离。英国教育家斯宾塞早就告诫人们,从现实和实践中获取知识才是第一要务,只有那些无法从生活中直接获取的知识才去求教于书本。秉承这一思想,教育家杜威同样主张教育是生活的过程,把生活和学习有机结合才是教育的真谛。庆幸的是,学校的围墙并没有阻止子豪探索的意向与旅程。在对祖国大好河山的游历中,描绘所见所闻,抒发感受感想,所学的知识在这一过程中被固化、提升或改造,变得具体、生动和丰富。因为有了生活的经验,人也在这样的过程中趋向成熟。不能不说,这是一种对学校教育缺失的部分的有效弥补。也因为如此,他的父母值得感谢,能够为孩子提供多样化环境的支持,使孩子心智的成长看起来那么自然、流畅。

然而,在生活中进行学习是有条件的。"熟视无睹"中就没有学习的存在。这就是说,热爱生活的同时还需要用心去感受生活。学习离不开观察、探索与反思,而这些品质,子豪一一关注,并潜心笃学。没有平心静气的观察,不会有对额尔古纳湿地"不禁觉得胸膛荡平了,气息舒展了,心情都辽阔起来"的感受;没有聚精会神的探索,也不会有对上海市交通"没有了个人的停步,人流也就顺畅起来,整个地上地下的交通就虽然行人密集但不会出现不畅和堵塞"的发现;没有认真深刻的反思,便没有"玩归玩,学是学,再优秀厉害的班集体也有规则秩序"的认识。子豪在生活中学习,在学习中进步,这种用心的程度,在当代青少年中,实属难能可贵。

教育的重要功能在于"引出",为孩子的优良禀赋和内在潜力提供并创造条件,去引出那些令人充满期待的心智成长和惊人发现。子豪在文章中所呈现的种种事实,再次证明了儿童发展的巨大潜质,而这种潜质,需要成人以智慧的方式进行指导和帮助。话到此处,我仿佛已经看到一个满载希望的少年,正朝气蓬勃地行进在人生的道路上。

董吉贺记于济南

2015 年 11 月

(董吉贺,山东女子学院教育学院院长,教授,硕士生导师)

目 录

读 人

读 事

读　城

读人

　　把身边的人看成是宝,被宝包围着,你就是
"聚宝盆";把身边的人看成是草,被草包围着,你
就是"草包"。人生就是要懂得放大别人的优点,
欣赏别人的长处,才能和乐圆满。
　　　　——读《人生需要放大别人的优点》摘记

情趣少年

一　孔"shou shou"

他，矮矮瘦瘦，但长手长脚，宽肩细腰，一副运动健将的样子。没错，他就是名贯我们市实验小学的运动健将。每一年的运动会他都一马当先，他要是说当第二，那想当第一的兄弟可真得掂量掂量。

他属于全能型选手。跑步、跳远、游泳，凡是能说得出来的项目他都有涉猎，但尤其精于田径。在校田径队，他是主力。小学运动会上跑 1500 米，他得第一，力压第二名大半圈！1500 米跑下来孔"shou shou"本人毫无压力，其他参赛队员却都瘫在了地上，"shou shou"乐了。

所以出现了一个奇景——每次比赛报名之前，总有其他班的来打听："'shou shou'又报了什么项目？"随之调整班里主力的项目分配。

孔"瘦瘦"是他的花名，剑指他的形象。其实有时候我们也称他孔"兽兽"。汉字音同意不同，其实，我们是随着心情和情境叫他孔"shou shou"的。

除了体育，最引人注目的就是他的脸了。他瘦，虽然瘦，但脸色却白里透着红，一双有神的大眼睛非常纯净。"眼睛是心灵之窗"，透过"窗"看去，就能感受到他肯定是个活泼开朗的人。他给人的第一印象极好，同学们也大都爱着他。他是我们各种游戏的发起人。

每当一下课，他肯定是第一个狂欢呐喊着冲出教室的。有时老师的话还没说完，同学们还都在听着的时候，铃响了，他也会鬼使神差地冲出去，冲到半路才想起来返回去，迎接他的就是老师惊愕的眼神和同学们的哄笑。然而"shou shou"却不怎么介意此事，常说他不是讨厌上课，而是真心喜欢下课后的美好时光。

之所以喜欢下课，可能是因为他在下课玩耍的时候总是各种游戏绝对的第一。那可不，一到活动课和课间时你就看吧，一定会看到他拉着同学们玩拍手游戏（不是小姑娘们玩的"你拍一我拍一"，而是一种"男人们"的、激烈的、需要按着韵律一起玩的游戏）。胜利后他会在操场上带领大家欢呼狂奔。

孔"shou shou"是我们中的"游戏王"，也是男生们的"孩子王"。他玩拍手游戏着实有趣。他总能带着一大群男生在 30 秒内围成一个圈，开始游戏。男生们在"shou shou"的带领下按其节奏拍手呐喊。时间流逝，几个跟不上节奏的男生被打下场，节奏也随着"shou shou"玩到忘形处开始的"嗷嗷"吼叫而不断加快。无论是在场上"战斗"的，还是早就下了场围观的，所有男生都涨红了脸，瞪大了眼，目光不约而同地汇聚到了孔"shou shou"身上！他有着绝对的压制地位。所有人的心都随着不断缩小的圈子颤动，再后来，不仅拍手，还跺脚！同学们无不开怀忘形，教学楼也随着我们的跺脚、拍手、呐喊"震颤晃动"了起来。

通常玩到此境界，要不是被刘佳佳老师揪着耳朵"拎"回教室，我们是停不下来的。刘佳佳老师因此多次找我们谈话，坚决禁止我们玩这么激烈的游戏，并专门找了个班会跟我们"男人一样地谈谈"。可是就是禁不住！那可不，跟着孔"shou shou"玩就是爽！停下来？NO！

他隐蔽在人群之中,但是出现时,总会以闪亮登场的形式和情趣感染我们,打动我们。升入初中后似乎没再和他怎么见面,也似乎再也没有玩得像小学时候那般疯狂和尽兴。再有小学同学聚会,我们那几个要好的男生总会聚在一起围个圈,拍起手回想当年的感觉,可是没了孔"shou shou"就是回不到过去。

二 "川爷"

帅哥"川爷"总以"长得最帅,跑得最快"自诩。每每他向别人介绍自己,总会得意忘形地说:"我就是传说中长得最帅跑得最快的杨岳川'川爷'!怎么样,崇拜我吧!"然而其实,听他介绍自己的大部分人还不认识他。

"川爷"长得帅真不是骗人的。他的脸白白净净一尘不染,乌黑浓密的头发下有一双晶莹透亮的双眼皮大眼睛,鼻子高翘挺拔,再加上一张能说会道的小嘴,不得不承认,这几个颇为出众的部位组合在一起,让他看上去真的很帅。但凡来我们学校拍录像,只要是取镜头,认识不认识,介绍不介绍,扛录像机的叔叔都没漏掉过他。我们夸他帅时,他总扬起小嘴,略抬下巴,得意地闭上双眼,在胸前交叉双手上下"抖擞",摆出一副骄傲得意的样子,俨然更有趣也更帅了。随着夸他的人越来越多,这也成了"川爷"骄傲时的标志性动作。我看着心想:就你长得帅呀?帅哥我还没出手呢!

"长得最帅"是他的外在特征,不用介绍别人也看得出来,不过这"跑得最快"确实真正值得向他人介绍,值得他骄傲许久。

与孔"shou shou"不同,"川爷"极其擅长中、短跑,400米总得第一。每一次短跑比赛,他总是冲在第一个。发令枪一响,"川爷"铆足了劲,整个人宛如一枚出膛的飞毛腿导弹,猛地冲了出去。"川爷"步伐特殊,是运动员中也少有的"大步子"。他的每一步都比别人迈得大,频率却和其他人相当,这使他成为那个领先大家的最耀眼、最快的一个。这也理所当然地被"川爷"命名为自己独创的"大招"。领先大家,按照"川爷"本人的话来说,就是"大招"练得不错!

最后,"川爷"理所当然地第一个冲了线,得到的便又是大家的欢呼雀跃和赞扬他"长得最帅跑得最快"的呼声。然后他便又开始表演他骄傲时的那套动作了。

"川爷"是我的铁哥们儿,我们经常一有时间就凑在一起。有一次去他家里玩,我还发现了他的另一项特长——弹钢琴。

"川爷"的钢琴在他四年级时就考出了"双十级",且等级都是优秀,令我这个毕业那年暑假才考出十级"及格"的琴手"望洋兴叹"。听他弹钢琴简直是享受。他的手指在琴键上不停地滑动着,移动极快,但琴音却是干干脆脆没有粘连。优美的旋律经他手被弹奏了出来,一切都无比自然,没有一丝一毫的停顿。起初,琴声婉转连绵,宛如三月的和风,轻轻吹拂;随着旋律的高低起伏,乐曲进入了高潮,"川爷"的身体也随着音乐的节拍晃动,双手有力地上下起伏。乐声在晚风中飘扬回荡,所有人和物都沉浸在了他"帅帅的"琴声中。

曲终,听着我们几个拍着巴掌夸他,他便又做那套动作,然后得意地笑笑,学着领导人那样挥舞着右手示意,然后一一跟我们握手,拍拍我们的肩膀,想来真是令人捧腹。要是我们没有等他干完上述动作就停了掌声,他就一瞪眼,没好气地指着我们几个晃动着手指,直到我们继续鼓掌才罢休。

我们真心诚意地为他在成功后喝彩,甚至也暗暗学着他那"最帅最快"的气质和精神。

三 "猴哥"

"猴哥"姓侯,他很恰如其分地没有辜负他的大姓。

"猴哥"中等个头,却像猴子一样天生一副长手长脚。他有一双猴子般古灵精怪的眼睛,让人一看就联想到了动物园里活蹦乱跳的猴子。除了"猴眼睛",他最大的特点就是他的"猴头"了,草窝般乱蓬蓬的头发,让人一下子就猜到了他的外号。

他不仅长了个"猴样",且有猴子般的思维头脑。他积极投身于班里的"英语活动事业",无比热情。每次英语展示都能看到倾心投入、唱作俱佳的他。在台上,他发音标准,讲话流利,还"挤眉弄眼手舞足蹈"。"猴哥"表演的英语剧确实引人入胜。他把细长的眼睛瞪得大大的,乌黑的眼珠儿好像马上就要跳出眼眶来,仿佛猴子发现了远处树上的香蕉般炯炯有神。他妙语连珠,一连串地吐出了好几个大家都不会的"难词"。但他连说带演,手脚并用,表情瞬息万变,眉眼鼻梢洋溢着对故事的热情。我们从他惟妙惟肖的动作中立即、全面、深刻地体会出了故事的含义。听他讲故事可真是一种享受呀!他理所当然地成了我们班的"英语班长"。

"猴哥"也热爱体育,似乎是继承了猴子善攀爬的天性。我们最喜欢足球,他便大方地带了个高级足球给我们踢。一些同学踢球是野蛮的,靠的纯粹是大力的双脚、坚硬的腿骨和不怕疼的精神,"猴哥"却主张应用灵活穿行的技术压制对手。"猴哥"带球冲过半场,身边跟着几个同队的队员准备接传球,身前则有我们队我带头的四五个球员合围过来,他却是不急不慢,待得四人靠得近了才不慌不忙地猛地一抬脚。球飞了出去,从两个同学的胯下滑出。球一出脚"猴哥"便加速狂奔,正正好好在球穿过两名对方球员但还没有跑远时截住,然后继续怡然自得地带球向前,只把我们几个呐喊着冲上去颇有气势但连球都没有碰到的傻小子晾在风中。失球心痛的我们总"抱头痛哭",心中则有把"猴哥"按倒"痛打"的冲动——努力冲上去的一大群人绝大部分压根连球都没有碰到啊!

后来听说"猴哥"上了初中后发展得很好,成了班里的"数学王子",什么难题经他的"猴头"一想总能在最短时间内被顺利地解出。他的英语还那么好,又是一体育健将,应该也是年级中数一数二的"男神"了吧。

四 "管家婆"

她身材修长,酷似猫咪的脸上长着一双乌亮乌亮的大眼睛,晶莹清澈得宛如两潭秋水。透过白框圆片的眼镜看过去,那乌黑透亮的眼睛却时常眯成一条线,没有睁开,宛如猫咪在烈日下暴晒的眼神。她虽然身材修长,但却干瘦单薄。两条细而结实有力的腿,让你毫不怀疑,在她管辖的范围内,如果犯了错误要逃跑,是绝对逃不掉的。

她是我们班当之无愧的"管家婆"。她从不"暴风骤雨",总像她的名字一样安静,默默地为同学做事,为班级做事。她不求表扬,不骄傲,更不张扬,但她分外追求完美。

有一次,我们四个同学组成"抬饭组合",为同学们抬午饭。路上阴错阳差,我们三个人抬了一箱饭到班里,剩下的一位同学和另一箱盒饭莫名其妙地"消失"了。这下班里可炸了锅,有的同学得以享受美食;有的同学愤怒地猜想"饭到哪里去了";有的同学则满教室奔跑,走在"要饭"的路上。

这时,我们的"管家婆"出场了。她先带领大家井井有条地拿饭。在"叮叮咚咚"的餐具碰撞饭盒的声音响成一片后,她板起脸,拿起尺子,在那位抬着饭姗姗来迟的同学头上轻轻地敲了一下,质问道:"你怎么抬得这么慢? 不知道同学们都饿坏了吗?"那位同学连忙解释说:"本来应该是'两两组合'的,他们三个抬一箱饭当然快,我一个人抬一箱饭当然慢了!"于是,"管家婆"又把矛头指向了我们。"你们怎么能三个人抬一箱饭呢? 这样对落单的同学很不公平! 合作得好,才能把任务完成好!"她说。我们哑口无言,悄悄地吐了吐舌头,却暗暗佩服她对待班级事情一丝不苟。

不尴不尬的,四个毛头小子都笑了。她是无私的"管家婆",我们愿意听她的。

五　山中无"老虎"

夜深了,夜更深了,我的小屋里依然灯火通明。迎着灯光,回想起周末的时光,多么愉快呀! 可是这愉快的时光却擦过我的指尖,"缚之不得"。伴随着太阳的升起,新的一周,繁忙的五天,将来临。

周一。

一大清早,早已睡醒的我迟迟不肯起床,依然沉浸在周末的愉快里,似乎忘了今天早晨的重要活动——上学、升旗。快要八点了,我终于火急火燎地背上书包,冲向了车站。不出所料,我于 8 点 20 分整迈入了教室。正当我低下头,沿着墙边,不敢直视讲台,想溜到座位上时,却发现轰然吵闹的班级里,竟一位老师也没有! 我仿佛捡了一个大便宜,长吁一口气,挺直腰板儿,高高兴兴地回到了座位上。

第一节下课,同学们鱼贯而出。惴惴不安的我偷偷地瞟了一眼办公室,毫无疑问——刘老师没来。

我的这个发现在班里引起了轩然大波。几个有胆量的同学进一步证实了我的发现后,这些个原本"唯师命是从"的"好学生"们开始了疯狂的一天。

周二。

我一进门,就发现同学们像开"派对"一样在教室里狂欢。欧耶!刘老师又没来!幸福的一天等待着我们去"开发",甩开膀子玩吧!

接下来,我们"大闹教室",与五百年前的孙悟空绝对有一拼。美术课上,我们几个"小猴"有的在讲台下说说笑笑,有的在奋笔疾书地写作业,大家谈笑风生,全然无视老师。对我们已经完全失望了的美术老师也不管我们听还是不听了,依旧照本宣科。教室就像一个自由市场,窃窃私语伴着嬉笑怒骂像寒流在教室里"游走"。

正当我们整装待发,即将冲出教室时,恰被巡视的校长抓了个正着。

"你们班太不像话了!刘老师一天没来,你们就成了霸王!明天刘老师来了,看不好好收拾你们!"

这一下子,我们突然意识到了事态的严重性——我们玩大了!立马作好了重新"夹紧尾巴"做好学生的准备。

周三。

同学们早早地来到了学校,我也不例外,乖乖地,安静地,讲文明讲礼貌地。可是,整个上午一如既往的平静,直到上操都没有看见刘老师的踪影。曾被校长的话吓得战战兢兢的我们此刻全然不顾校长的提醒,又"疯"了起来。

中午,我们正在胆大包天地看电影,大屏幕上的变形金刚嘻嘻哈哈地笑着,我们也乐颠颠地笑着;大屏幕上的变形金刚挥起了胳膊,我们也跟着手舞足蹈。有脚步声离我们越来越近,可我们没有在意。突然间,门"忽"地开了,刘老师猛地"冲将"进来,面如冠玉,波澜不惊,真是"此时无声胜有声"。霎时间,站着的同学傻傻地站着,坐着的呆呆地坐着,一时手足无措。

"说明书。"(说明书是一种老师让学生犯错后写下的说明实情、表达歉意的文本)

刘老师只是淡淡地说了这么几个字,却令我们胆寒。

夜深了,夜更深了,我的小屋里依然灯火通明。周末又要来了,只是,这次,我沉浸在"说明书"里。无眠啊!

友人大咖

一 追光的女孩

《追逐那道光》是青岛少女作家刘佳玥的新书,用"追光的女孩"来称呼刘佳玥再贴切不过了。她在母亲杨蕾女士和刘佳佳老师的指引下,坚定地、乐此不疲地追逐着那道心灵中的成长之光和文学之光。

今年夏天,在刘佳玥举办的出国留学前的座谈会上,我和刘佳玥第二次见面。长发垂肩,个子不高,精神抖擞,目光坚定,侃侃而谈,她说话做事,举手投足给人以一种成熟干练的印象。在数百双眼睛的注视下,刘佳玥娓娓道来,甚至现场表演了一段英文朗诵,流利优美,热情澎湃,着实令人佩服。

谈到刘佳玥写作的收获和感悟,就不能不提及她的文学创作过程。"刘佳玥在写作上的一系列成就源于她对写作的热爱,并且那是我们绝大多数人看着眼馋却学不来的。"说起刘佳玥的文学创作,引领她走上写作之路的刘佳佳老师是最有资格评价的。的确,刘佳玥热爱写作,并且有规划地完成自己的一系列创作。刘佳玥谈到自己的第一本书《樱花树下的小猫侠》时总感谢刘佳佳老师指引着她。她在家中院子里看到了几只流浪猫,便想象流浪猫之间也用语言交流,也会发生精彩的故事,后来就在刘佳佳老师举办的"作文 PK 擂台赛"中写了出来。这就是《樱花树下的小猫侠》一书的雏形——《流浪猫的故事》。这篇作文得到了刘佳佳老师的高度赞扬,也开启了刘佳玥的创作道路。此后在刘佳佳老师和母亲杨蕾女士的指导下,刘佳玥的大胆追逐心中梦想的"小猫侠"的故事,终于成书。她为追逐那道心灵中的写作之光,坚定地迈出了第一步。

至此,"小猫侠"的故事并未结束。初三这一年,刘佳玥决定把自己的《樱花树下的小猫侠》一书译成英文。在冲刺中考的紧张时刻,刘佳玥有计划地坚持每天翻译 1000 字。两个月后,60000 多字的英文版《樱花树下的小猫侠》面世。这个过程中,翻译工作不仅没有耽误刘佳玥的学习,还促进了她的英语学习。在中考中,她考出了英语 104 分(满分 105 分)的好成绩!译书,还让刘佳玥有机会感受英国文学的古典魅力,使她萌生了要致力于英国文学学习的想法!

此后,刘佳玥便很快由著名高中青岛二中转入墨尔文中学学习。入学之初,墨尔文中学还只是一幅存在于图纸上的"效果图",新进的 30 名学生只能在写字楼里上课。即便如此,在深入的调查和了解之后,刘佳玥的母亲杨蕾女士还是坚定地支持她选择这所国际交流高中。刘佳玥在此结识了优秀的同学,更好地发展了写作的特长,也为将来的出国留学打下了基础。

在座谈会上,刘佳佳老师向观众提问:"如果你自己是刘佳玥或杨蕾女士,面对青岛二中这所著名高中和还在建的墨尔文国际交流中学,会如何抉择?"大多数家长说还是希望孩子上青岛二中,更稳定一些。也许吧,刘佳玥的胜利靠的正是这份敢于尝试的勇敢,大胆去飞、勇敢去追,追逐那道发展成长之光。

《追逐那道光》是刘佳玥的新作,我正满怀热情地读着。追逐那道光,是刘佳玥进取精神的体现,也是她以自己经历激励后来者的一种绝好方式。读着她这个人和她这本书,每一位读者都爱上了这位追光的女孩。

2015 年夏,高三女生刘佳玥的第三本新书发布会现场

二 "国象"少年

在我见过的优秀的人中,周江南是数一数二的。他善于走进别人的心里,在别人心中留下他那帅帅的、高瘦而有力的身影。

第一次听说周江南这个人是因为国际象棋。

周江南的国际象棋下得相当厉害,整个青岛市数一数二,前段时间夺得了中国"青少年国际象棋大赛"的第一名。这两年来,他奔波于西班牙、匈牙利等国际赛场,战绩卓越,已经位列青少年国际象棋"大师"的行列。那年小升初,周江南依靠国际象棋的压倒性实力作为特长生进入岛城名校青岛市实验初级中学（育才中学）。我们班的一个同学也是响当当的"国象"特长生，可第一场就碰上周江南，最终临门折戟无缘育才。在班里听她讲述此事时就总听到那满是醋意却又内含佩服的叹声："人家就是厉害！"我便在心目中种下了对周江南的第一印象：这人是"哥"（我们毛小子对有本事的人的敬称）！

那时还未谋面，但已然有了《红楼梦》里王熙凤出场般的效应。

后来才知道周江南的母亲跟我妈在一栋大楼里上班，机缘巧合还是妈妈的好友，就总是想到我妈单位去看看，看能不能遇到这位在学校名声传奇的"南同学"。再后来，两位妈妈不约而同地组织我和周江南一起做旅游的玩伴，这个朋友才算是交上了。

虽说交这个朋友过程一转三回，但绝对不是江南同学不好交往。江南本人高俊帅气，一米八多的大个子配上"青年男"线条鲜明的帅脸，站在人群中有种"鹤立鸡群"的感觉。再加上他着实有一技之长，不由得让身高被压制、在下面仰望他的我心生佩服。

然后旅途就开始了。在行车途中，江南和我最喜欢打牌。江南本人是国际象棋青少年"大师"，玩这类智力游戏轻松利索；而我以"学霸"自称，决然不肯顺顺溜溜向他低头，一场"恶战"即将引爆。我俩都坐在后座上，我叫嚣着要"虐虐他"，他就努力挺直腰，扬起本来就在我头顶之上的脸，仿佛要伸出车的天窗去，摆出一副"我是大哥，你服不服"的架势，于是乎，两人就"杠上了"。

不得不服，江南的"国象大师"绝不是徒有虚名，行车千里我没有赢过他一局。"南哥"的智商是压制性的。每当我输掉之后面如土灰之时，他总会卖弄着他蟹爪般修长骨感的手指，格外轻松似的把牌一扔，小嘴角儿一扬，傲娇地甩出一句："服不服?!"听到我"不服，再战"的回答，他无奈地叹口气，一边重新理牌，一边念着他已经说过千百遍如同老和尚念经的那句："不要不服，'南哥'的智商是压制性滴！"

再战一场，结果也没有出现戏剧性扭转。我一扔手里的牌，愤怒地跺跺脚，充满挑衅意味地又说一句："不服，再战！"而他却只无奈地叹口气，又念一遍他念过 N 遍的"经"，然后安静地理牌，神情则沉浸到对自己智商的无限骄傲和喜爱中去了。然而我也并不觉得输了是一件多么丢人的事，跟南哥下棋打牌虽然赢不了，却着实令人快乐。

如此这般，虽然嘴上总挑衅着说"不服"，可心下早已对"南哥"产生了敬佩，敬佩他"高不可攀"的智商，敬佩他可以让输赢变得都快乐，更敬佩他允许别人"再战 N 场"的胸襟。

"南哥"在智商上压倒了我，但后来也发现他有"弱点"。

那是去爬山，望着高高的菩萨顶，江南妈妈走过去低声"请示"面色已经蜡黄正在极力克制恐高的江南："上，还是不上？"江南沉思良久，看看蓄势待发的我，又看看宣传册上的大佛介绍，毅然决然拍板："上！"

菩萨顶不算太高，有 108 级台阶，数量不多但陡而险。江南右手攀紧栏杆，不敢向外看景，只剩低头看路，蹒跚地上了山。可是"上山容易下山难"，下山时江南就"丑态百出"了。他右手抱着栏杆，左手挎紧老爹，双眼紧闭，全靠语言提示是该"迈左脚"还是"迈右脚"。有时实在忍不住想往下看一眼，就先怯生生嘱咐一句"扶住了啊"，然后将眼睛睁开一条小缝儿，旋即又闭上，紧接着的是眉头紧锁，双腿瘫软。可是下山后，他却又自夸起来，在接受我们戏谑的"采访"时，依旧没心没肺地乐呵着，把"答记者问"的重点引向："不虚此行,值啊,真值!"那个"真"字宛然下了咬得下下巴的力气。

旅行结束后我俩宛若兄弟一般,上课学习常聚在一起,周末也约着打打游戏,我总想在交往中跟他学点什么,不是学高超的棋艺,是学习他那"南哥精神"和"江南式快乐"。做快乐的人,让别人也快乐,他总以宽阔坦荡的胸怀在你需要乐趣的时候走近你。

三 直升男孩

告别牟晋润是在会考前的一次"直升讲授会"上,当时牟晋润已经从我校直升闻名遐迩的青岛二中。

牟晋润等一系列直升的同学来学校演讲,台下坐着的全是初二学生。我们一脸崇拜地看着台上威风八面的直升男孩牟晋润,心中美滋滋地做着梦:什么时候也可以像"牟哥"那样帅帅地直升?

后来我单独去过一次"牟哥"的家,才明白和感叹:牟晋润的直升是必然的,是他付出艰苦努力的成果! 岂是简简单单轻轻松松的"美梦成真"能够概括?

牟晋润又高又壮,曾担任过校学生会副主席,高大威猛,给人以严肃印象,但是相处久了会发现他其实有趣开朗。我和这个比我大一岁的哥哥成了好朋友,亲切地称他"牟哥"。

"牟哥"说直升是场艰苦卓绝的战斗。

"牟哥"的直升准备是从初一入学开始的。他入学至今成绩极其优异。据初三众多学哥学姐说,他大考从未出过年级前三。他晚上拼搏努力学习至深夜,中考复习前得了个"牟三点"的称号,大体意思是晚上学习到凌晨三点。听了未免有些太夸张,"牟哥"对此表示:经常到十一点是真的,但是三点却实在是从来没有过,然后就无奈地摇了摇头。他有如此辉煌的战绩，让我等百思不得其解，也确实只能用"熬夜学习到凌晨三点"这一假说来解释了。其实晚上能够学习到十一点的学生已经是极少数了，"牟哥"确实是很拼的。

然后"牟哥"给我展示了他三年来的"成果手册"，就是报名直升时要交的三年的各种学习和实践的成果展示，也就是各种证书和论文。那是用语言很难描述的，只可以作个比较，以形象地阐明其书厚度——足足有《现代汉语大词典》的三分之一那么厚！且页页精美，内容充实。其目录使用五号字编排，各种证书奖项名称，单单目录就写满了两张 A4 纸，获奖的总量可见一斑。"牟哥"一路走来的光辉足迹跃然纸上。拿出这本厚厚的册子，"牟哥"骄傲地笑了。他说："苦心人天不负。"这成果手册是他从初二升初三的那个暑假就开始准备的。我说："真拼!"他笑着点点头。

"牟哥"说二中直升面试才是重头戏，是主要的战场，"是骡子是马拉出来遛遛"，真功夫要过硬，心理素质要过硬，实战技术也要过硬。一院子全青岛市的"尖子"们在考场外候着，你就真的会醍醐灌顶般顿悟"打铁还需自身硬"这句话的意思。

在面试中要拿到五个 A 才可以成功（一共有七个 A），其中还有十分困难的"现场学习知识、解题讲思路"的两个 A，就是现场限时自学一个高中的知识点，并用此解出题目再给老师讲清楚，一切都需在规定的时间内完成。为了应对此项面试，"牟哥"在初三的寒假就开始学高一的课程了，力求"事预则立"，以最快的速度自学、解题并且组织语言把思路讲得清楚明了！听得我这个连初二的课程都没有学到最好的学生暗暗咂舌：有拼劲如此，二中怎能不要？

临走时，"牟哥"把他的大部分直升材料给了我，只留下几本珍藏起来留作纪念。我不好意思地笑了："来这儿跟'牟哥'学习，临走还要拿走这么多东西！""牟哥"则大方地拍着我的肩膀笑道："加油，我在二中等你！"

我木讷地点点头。对于我，这也该是挑战自我、追求卓越的一役吧。

四　刘墉父子

"读一本好书，就像和许多高尚的人谈话。"今年暑假，乘着书的翅膀，我与趣味十足的刘墉父子进行了亲切友好的"交谈"。

父亲刘墉精通绘画、文学和教子。

儿子刘轩在父亲的教导下成为会读书又会玩的大男孩，不仅修完了哈佛大学的心理学博士，也是台湾最抢手的时尚 DJ。

我读的这本书叫《一位父亲写给儿子的 116 封信》，以一封封信的形式讲了刘轩高中时期的成长经历。乍一看"天上一脚，地上一脚"，细看实则一个男孩的成长史和一位父亲的教子心路历程。其中最令我印象深刻的是关于挫折和亲情的部分。

刘墉善于借助生活中的失败来启发儿子，教给他应对挫折的心态和方法。

当刘轩的同学乔安娜因为不能上场的一点小挫折就决定放弃做模特兼职的时候，刘墉说：成功往往要忍辱、负重、吃亏才能实现；当刘墉不慎将自己几个月来拍摄的工作照片全部曝光不得不重头来过的时候，刘墉感叹：惨败往往是另一段成功的开始，不能消沉和悲伤，要立即投入战斗；当刘轩演讲比赛失利却决定再战一场的时候，刘墉赞道：输了的人如果想再赢回来，就只是"没有赢"，相反如果失去了再战一场的斗志与勇气，就是真"输了"。

"我们要忍辱负重,失败后立即继续投入战斗",听得人热血沸腾,而"输了"和"没有赢"的关系,经刘墉阐释,令人拍案叫绝。

回想来,我也曾比赛失利,但最终没有放弃,养精蓄锐后我再战一场,虽然最后没有得到什么大奖,但是赢得了台下观众的阵阵掌声,那种经历和感受也曾让我心胸荡漾、豪气冲天。

刘墉也经常用家庭中的小事来培养儿子重视家庭情感、热爱家庭成员的品性。

刘轩曾把父亲送给他的玉佩轻易地转送给一位并未深交的女同学,因而受到父亲的严厉批评。刘墉强调:玉佩不值钱,但它上面蕴含的爱无法用金钱衡量。这令刘轩悔恨不已,并铭记在心。后来,有一次,刘轩因为妈妈没有按约好的时间在地铁站出现,奶奶也不接电话而心急火燎,极为担心她们出事。满怀忐忑匆匆赶回家后,远远看到坐在客厅安然无恙的奶奶,刘轩瞬间情绪崩溃,大发脾气。此时,父亲刘墉非但没有批评他,反而会心地赞扬他心中有了家人。

这种独特的视角和教育方法将"家"的概念深深嵌入了刘轩的大脑,令人啧啧称奇。家人就是那个他不安你会痛的人,就是那个为他劳碌你会心生安乐的人。

于是我也学着刘轩,在母亲不在家时主动给她打电话。电话接通的片刻,无线的两头,我和妈妈都觉得幸福安定。

拿着这本好书,我边读边学,反思和自省常常令我享受到点点恍然顿悟的时刻。读着一篇篇美文,体会着刘墉的那种清简而幽默的语调,借鉴着海峡另一端的男孩的成长史,学习着刘墉父子渗透在书中的人生态度。

成人 "Style"

一　吾师佳佳

教师不只是一个养家糊口的职业。这是我花了六年时间，观察了刘佳玥、我自己以及我表妹这三届"刘氏弟子"的成长经历后，从我的老师刘佳佳身上领悟到的。

刘佳佳是我小学四到六年级的班主任，男教师，爱语文，班主任当得自得其乐，学生中有"佳蜜"无数，号称"麻辣教师"，在岛城小有名气。

我跟随过好多好老师学习知识和本领，"阅好师无数"之后发现，教过我三年的小学班主任刘佳佳老师是其中极为典型的尊重教育、热爱教育并以此为神圣事业的人。佳佳老师通过教学向我们展示了：在他心目中，教书育人不只是一个养家糊口的行当，也是他施展理想抱负、发挥才能的舞台。

我还在上小学时，佳佳老师就开始耳提面命地跟我们这群懵懂的小孩子讲要努力做个优秀的人。

其实，当时我们这群萌娃还处在"天然呆"的状态，绝大多数人根本不晓得什么叫"优秀"。于是身为语文老师的佳佳就对我们提出了"糖豆"一样的高要求：每天上课好好听，他就相应地多讲一点下一课的内容,省出一些时间,日积月累起来,就可以带我们干件"大事"。比如后来经过小一个月的"积攒",在一个周三的下午,我们用两节作文课的时间大摇大摆地跟着佳佳老师的步伐走出了学校,去栈桥喂海鸥。当时那个爽啊!所有人都美滋滋地享受着跟老师一起"翘课"的好滋味,自然也诞生了许多写当天喂海鸥的美文。班里边一朗读,爸妈圈里一分享,每个"小豆子"都感到自己走在了当才子、当文豪的大路上,舍我其谁的,自我感觉立马良好起来。

佳佳老师上课拼命多讲,我们也努力地好好听。他用他无限吸引孩子的人格魅力和那说出去"玩"就一定去的言出必行感染着我们。佳佳老师说,语文即生活,在生活中学好的语文才是真正的语文,在一次次游玩、实践活动中学会和领悟的知识才是真正实用的知识。佳佳老师的教育超出了课本上浅显的、千篇一律的生字解词,他用他对教育的拼搏理想把我们带入了一个学习语文的新天地。

跟着佳佳老师学习一切都是快乐的,他的教学理念即"在快乐中学习"。然而他也有让我们不解的独特教育思维。

比如他说:"好的老师每个月都要至少发一次'大火'。"

有一次佳佳老师被汽车车窗夹了手,受了伤,缠了黄瓜那么粗的绷带还来给我们上课,应该是拿笔写字时碰了粉笔末儿感染了伤口,有几天没来学校上班。一时间,班里"山中无老虎,猴子称霸王",乱作一团。"淘小子们"上课也不听了,下课也闹开了,校园里回荡着我们班的肆无忌惮的解放了的声音。少了佳佳老师这个"孩子王",我们已浑然忘了自己"姓什么"。被无人管辖的幸福冲昏着头脑,我们当时全然没有想到:老师还会回来的!

可怕的是,老师回来了。

那个周一早晨的班会课上,佳佳老师愤怒地拍了桌子。桌子被拍响的声音和佳佳老师恨铁不成钢的愤怒"咆哮",在整个楼层中回荡,震耳欲聋、振聋发聩、震撼人心。

现在终于可以笑谈这件事,可在当时,一个男老师的威严不容侵犯!佳佳老师制定的规则不容置疑!我们从佳佳老师的话语里惊恐而又入脑入心地认识到:玩归玩,学是学,再优秀厉害的班集体也有规则秩序。再后来,教室和佳佳老师办公室响起了几个"淘小子"懊悔的抽泣声。

佳佳老师坚持每个月"找茬"教育我们。渐渐地,我们也养成了守规矩的习惯。此后,佳佳老师即使有什么急事不在学校,我们也总能不约而同地让班级保持稳定的运转。不是不放肆地玩,但是张弛有度,有什么事情第一时间向佳佳老师短信汇报。甚至在别的老师眼里,佳佳老师不在,我们可以做得更好!作为班主任,佳佳老师不止以管好这个班作为自己的目标和终极任务,他是用他的百般努力,切实地教给了我们守规则有秩序的道理。

李泽余(我的表妹)和刘佳玥也是佳佳老师的学生。刘佳玥长我三年,我长表妹三岁,观察我们在青岛市实验小学学习生活的变化,会发现好多事情"届届相传",一脉相承。

在刘佳玥时代,佳佳老师便常常组织"作文擂台 PK 赛";到了教我们的时候,在此基础上他总会每个月带我们出校门进行两次实践活动;再后来到了教我表妹的时代,佳佳老师更是大胆,用半个学期教完了全册语文书的内容,剩下的半学期就带着学生们出门实践写作,关上门举办朗诵竞赛,布置回家制作美食拼盘的作业。体验—消化—写作—感悟生活,一条龙地激活了大家在生活中学语文的兴致和行动。

佳佳老师的步子迈得越来越大。他不仅出色地完成了书本上的教学任务,也通过实践和写作课培养了学生们开阔的眼界、娴熟的文笔和灵动的思维,更培养出了刘佳玥这样优秀的学生。我毫不怀疑,他后来的学生会更强!佳佳老师用自己的行动告诉我们,他不介意课内多教,也乐意用自己的节假日为同学们办分享会,更敢基于课本也跳出课本。他并不是只做一名教书匠,而是难能可贵地愿意把大家都看重的"教学"和有些人在淡化、简化甚至放下的麻烦活儿——"教育"结合起来,真正培养优秀的学生,而他自己也成为教书育人的"大家"。

记得很清楚,在我小学毕业前夕,佳佳老师为我们写过一篇长文。他说,六年的阶梯让我们拾阶而上,六年的岁月让我们不断攀登超越,而当下(也就是毕业时)的我们应该走下台阶,走出校门,走向一片更宽广的新天地。记得那时我哭得很厉害,可是当自己真正走入新天地向后回望时,便觉得有一股清纯之气扑面而来。之前总想在佳佳老师身上寻找到幸福的回忆,现在则觉得不如在回忆中寻找他的身影。心灵的空间中似有一条模糊的线,迈过它便觉得又和佳佳老师坐在了一起,心灵交流,就又能清楚地看见他那努力奋斗的身影在一届又一届学生的簇拥下,向我走来。

教育,在他的眼中手中心中不只是教书育人、养家糊口的职业,而是实现理想的奋斗舞台,更是循着本心做着令我们学生和令他本人更快乐的事。

以我看来,这已成为他生命中璀璨的一部分。

二　吾师爱语

用坚持创造奇迹，这是我从另外一位语文老师身上得到的体悟。

李爱语老师是我读初二和初三时的语文老师。和绝大多数初中老师一样，她朴实无华，甚至有时候"灰头土脸"，连个"红嘴唇儿"也不抹。敬业就是她的气质。她在初二开学时接手我们班。初二上学期期末，我们便有了长足的进步。李老师用她的坚持和敬业，教育着我们，感染着我们，一步一个脚印地带着我们向前去。

但她接手班级之初其实对我是有意见的。上一位语文老师欣赏我的文采和灵动，严谨治学的李老师则担心我这是华而不实，基础不扎实终是一场空。于是作文课同学们写出了美文，李老师朗读其他同学的，却会"忘了"我。现在的我成熟了，重新来看此事，我知道那是李老师认为我基础不扎实，不想让我因为小小的一次成功"翘了尾巴"，可当时却气得不行，认为自己受了什么天大的委屈。彼时不明事理的"一根筋"小伙子——我，决定怄这个气，我俩的师徒关系也一度僵化，变得一点即爆。

有一次看她批作业，我有了第一次触动。李老师喜欢在上课前收起前一天的作业本，用课间的时间把作业批完。那一天第二节是李老师的课，讲完课的她坐在讲台上批作业。此时我在班里扫地。空空如也的班里只有我们两人，没有了谈笑的声音，有的只是扫帚摩擦地板和红笔摩擦本子的声音。此时我心中"百般不爽"，扫地时抬头看她一眼，她却一直低头批改作业。我故意弄出点动静想让她也看我一眼，却得到她无动于衷的回应。李老师批完作业就走了，她走后我才看见留在了那里的作业本——那简直是一摞"艺术品"！不是说孩子们的字迹多么工整漂亮，而是一个个对号、圆圈和评语绝对书写认真！红钩钩仿佛是一个模子刻出来的，而且是圆润漂亮的好模子！我抱起本子走进语文组办公室，说："李老师，您本子落班里了。""哦。谢谢。"她说。这是我俩仅有的对话。不过这是我第一次进入她的办公室，也是第一次没有针锋相对的对话。可惜可惜，如果那时之前我看过老师批改过的作业，怎么还会认为李老师只是个对学生有"偏见"的"别扭"老师？

　　李老师教课可以说是不致力于讲究"趣味"，她是用朴实无华的语言讲授情真意切的道理。这自然吸引不了我们班的那群"青春逆反期"的"淘小子们"，于是就有同学上课乱哄哄把李老师气走的故事。我们的成绩也理所应当地不好，有时发完成绩后李老师会恨铁不成钢地痛陈我们的不努力处，说："你们考得这么差！简直是我教学历史以来的……"然后夺门而去。但是，五分钟后，她总会回来，在某些同学嘲讽的"不是说好的不回来了么"的声音中若无其事地开讲。李老师不是个没脾气的人，咽得下"淘小子们"的揶揄全是她以教课为己责，自愿坚守"恪尽职守"的为师之道。而同学们也渐渐明白，那不是李老师的出尔反尔"没骨气"，更不是所谓的"教不好我们十分愧疚"，而是一种慈悲，是对我们还抱着的期望！

　　那次期末考试，我语文考了 105 分，在年级中的排名也很靠前，李老师和我终于都长舒了一口气。我继续用好成绩证明了自己，李老师也打消了对我基础薄弱的顾虑，我们开始互相理解。

　　再后来，李老师总带着我们整理背诵每一节课的笔记和字词，不论教学怎样紧都会在百忙之中每天多要一节我们班的课，为的就是听写、考试，组织大家一起把没有掌握的字词一个个写在书本的目录上，现在想想大家考出高分的基础就是那时"砸"结实的吧。李老师创造了奇迹，她用敬业的精神拉起我们下滑的成绩，首次创造了"全民及格"的奇迹！

也是跟着李老师，我们几个"好"学生的听课效率才总算得到了保证，成绩稳定在前列，我们也深深地被她的敬业精神所感动。一场投桃报李的喜剧是什么时候开始上演的？反正在课堂上冷场时我们会站起来回答问题，批作业需要帮忙时我们会排除万难去干。有一次家长会，李老师让我分享学习经验。我"恪尽职守"，先拟了稿子发到她的邮箱里，再打电话过去请她收阅、指教、把关。家长会的那一天，我提前一小时就出发了，即使是站了 40 分钟没有等上公交车我也打电话告诉老师：别着急，肯定去，马上到！然后打车前往。不幽默的李老师创造了奇迹，她赢得了我们大家的认可和热爱。

这时，我才算是真正开始理解，才开始明白李老师的良苦用心，也才开始真正成为一个可以体恤和支持老师的学生。

当我想以"成长中的学生"的身份和眼界回望之前的经历时，才发现：身为教师，李老师和刘佳佳老师确实有许多相同与不同之处。

他们都是学校的骨干教师，都有丰富的教学经验，都坚守着心灵中永远闪着光的敬业精神。

但这敬业精神的表现却截然不同。刘佳佳老师认真教给我们的是语文那令人沉醉的灵动的光彩，教导我们在生活实践中学习真正的语文精神；李老师努力教给我们的却是扎扎实实的人生态度和坚实的语言文字基础。他们无不以高贵的敬业精神感染着他们的学生和更多的人。他们不同的表现源自他们所处的不同环境和背景，一者是无忧无虑快乐成长的小学，一者是考试压力突如其来的初中。无法评判他们俩谁做得更好，但毋庸置疑：他们的敬业都是有价值的、有意义的，他们无疑都是那个大背景下做得最好的教师之一，是他们圈子中的佼佼者！他们都是绝对值得我们敬佩和跟随的，而我一直是那个受益者。

三人行，必有我师，择其善者而从之。跟着李老师，像她一样坚持严谨踏实地向前去，创造属于我的奇迹！

三 "内蒙汉子"律师傅

2013 年 8 月 10 日，我们乘飞机抵达海拉尔。迎接我们的不仅是塞上凉爽的微风，还有一位伴我们全程的司机兼导游——律师傅。

他是土生土长的内蒙古人，拥有典型的蒙古人形象：黝黑的皮肤，细长明亮的眼睛，扁平的颧骨和鼻梁，一双粗糙的手，一口满是"羊膻味"的东北话更拉近了我们之间的距离。

每天，我们都跟着这位律师傅游玩。一路上，他大部分时间默默地开着车，也会向我们介绍一下将游玩地方的历史、地理、文化。他的亲切，使我们一点儿也没有意识到他竟是拥有一整个旅游公司的老板。我们在车上打打闹闹，说说笑笑，可他却专心地注视着前方，认真地开车。有时我们坐了四五个小时的车，已经哈欠连天或早就呼呼大睡了，他却依旧瞪着那双充满血丝的眼睛继续开车。

虽然工作这样辛苦，可每次我们给他递上一支烟或送上一些从青岛带来的特产小吃时，他便会再三推辞。即使最后收下了，他也认为这是一件十分不好意思的事，坐在自己的车上也不自在起来。在他眼里，努力地为别人办事是责无旁贷的，接受别人的小小心意倒似乎是受之有愧的事了。

8月15日，我们的旅游接近尾声。但是这一夜，我们一行人都异常焦急。因为原本可以沿着大路轻轻松松地在9点之前返回海拉尔，可是赶上多年不遇的大雨，位于我们原规划路线上的一段路被水淹没了。我们不得不舍近求远，放弃100多千米的"阳关道"，走400多千米的"独木桥"。

天越来越黑，已经过了午夜12点。为节约时间，带路的当地朋友引我们来到了内蒙古老乡的小路。广袤的星月夜下，我们的车深入了草原的腹地。茫茫的草原由于白天的大雨而泥泞不已，有些地方积水超过半个车身。原本无路的草原牧场被茫然求路的车辆压出了一道道车辙，稀稀的草原黑泥和着压烂的小草儿，在漫无边际的夜空下散发着牛羊的味道。此时深夜，车上的大部分人早已进入梦乡。突然，整个车子猛地颠了一下，车子的右后轮陷入了一个深坑。

一行人下了车，在车后部推车。大家都困倦了，只有律师傅力气超群。律师傅率领大家双手顶住不停下沉的汽车。"一、二、三"，他大吼着，带着大家一起使劲奋力向上推去。他的双臂青筋暴突，也有困意的眼睛里充满了血丝，牙已经咬得咯咯作响。车向前移了一下，紧接着又向前移了一下，最终被推了上来。可律师傅却一失足，跌进了深坑中，仰天摔倒在泥泞的草场上，手被石头划出一个口子，鲜血直流。他只是用嘴嘬了嘬手，就又回到了岗位上。

月光下，沉默的律师傅透着一股北方汉子最可依赖的力量。

　　经过律师傅的不懈努力,我们在凌晨 1 点 18 分回到了位于海拉尔的宾馆。我们从车内鱼贯而出,忙碌了一天一夜的律师傅却再次发动了车子。直到这时,他要踏上的才是开回自己温暖小家的路。

　　我再一次在月光下打量他。他那如内蒙古特有的黑土地般的皮肤流出的是真诚的汗水,有如甘泉般清澈的眼睛映射出的是他的质朴,那如戈壁滩般粗糙的双手象征的是内蒙古汉子特有的豪爽和硬气。

　　8 月 16 日,我们的旅途画上了句号。他目送我们进入候机厅,然后踏上他那辆白色面包车,走了,留下的只是“内蒙汉子”深沉的情感。

2013 年 8 月“内蒙汉子”律师傅为我们的草原骑马活动做导游

四　2011 年,我记住了您

　　那是六年级的暑假,在奥帆中心,我们驾着帆船,开始了新一天的航行训练。

　　明媚而温暖的阳光照得海面闪闪发光,金灿灿的海面像金色的绸子,在徐徐的微风中轻快地摆动。片片白帆在清亮纯洁的大海中轻轻飘扬,阳光下回荡着少年们欢快的笑声和叫声。我们,生在海边的孩子,正享受着奥帆之都独有的海上盛夏。

"救命呀! 救命! ……快救救我!"突然,平静的海面上传来急促的求救声。不好,有个男同学落水啦! 那艘刚刚还破浪前行的雪白帆船,眨眼间"唰"地一下反扣在水里,激起一圈圈急促的白色浪圈儿。只一瞬,"咕嘟咕嘟"的气泡从水里冒了出来,一个慌乱的、圆嘟嘟的脑袋在水面上挣扎起伏!

在港口中巡视的橡皮艇急速行驶过来。

一位男老师还没有等橡皮艇开到事故发生地,就一个猛子扎进了湍急的浪花中。从远处看,那是一个瘦而高大挺拔的男人,他的皮肤晒成了黝黑的古铜色,鼻子上架着的眼镜在天光、水光的反射下,炫动着急促的光。

男老师在水中拼命地游着,生怕耽搁了一分一秒!

男孩在水中挣扎着,双手扑打水面,脑袋像一个无助的浮标时隐时现!

在辽阔无垠的水面上,揪心的尖叫声透着惊恐震荡着水面!

令人窒息的一幕发生了,男老师离男孩还有一段距离,但男孩扑打水面的速度和频率已经慢慢降低。"这男孩会不会有危险?!"此时海面上所有的帆船仿佛都静止了,每一个驾船的孩子都为他揪起了心。"老师,加油呀!"紧张的我们开始为在水中奋力向前的男老师加油助威。终于,老师抓住了那个男孩,将他拉上了橡皮艇。

没有任何一个时刻让我如此深受感动!

开学后的一次升旗仪式上,那位男老师被请上了台,原来他就是我们的体育老师韩国华老师。校长向我们介绍,韩老师在奥帆中心挺身而出去救落水的同学,不顾个人安危,是我们青岛市实验小学的骄傲!

　　朝阳下，升旗台上，韩老师的身影分外高大，背后的朝阳给他镀上了一层金边，伟岸而又充满光芒。我望着他，有一种骄傲而又敬佩的情感在心头萌发。我挺一挺身子，呼出这一次的校训，分明感到这是一个神圣而又光荣的时刻。

　　再次整理书稿的时候，仍然心潮起伏。我想说，危急时刻挺身而出的韩国华老师，我的 2011 年里，记住了您！

读事

最有力量的教育一定是真实的教育——围绕孩子的真实生活引出教育问题，让孩子亲历求知、交往的过程，不是模拟、旁观，而是身临其境；之后用自己的话总结、分享，在碰撞和交流中体会生命的真谛、吸纳文明的精髓。

——老妈荐自李烈校长

爱要大声说出来

一　爱要大声说出来

破晓,迎着晨曦,繁忙的一天开始了,这是个不寻常的日子——教师节!

上午,刘老师步入了班门。只见他一进门,猛地一甩头,一只大脚稳稳地踏在了洁白光滑的瓷砖上,向我们回眸一笑。

简直酷呆了!

霎时,全班同学热血沸腾,有的高声欢呼,有的呐喊鼓掌,特别是那些打算奉上教师节礼物的同学,有几个当即抱起礼物冲将上去,喜滋滋地塞到老师怀里。还有的同学见刘老师来了,手里捧着礼物,脸上泛起了红晕,嘴里仿佛念叨着什么,可就是迈不开腿,羞怯着不上去。不知道他们是还没有想好配得上这礼物的赠语,还是心里正打着小鼓,怕这礼物不合刘老师的心意。这让刘老师也不知所措了,只好装作没看见,暂时把视线移向别处,来缓解某些人的紧张。

令我印象最深的是杨岳川的一件礼物。那小子,两只大眼睛里闪烁着兴奋的光芒! 他握紧手中的一个大纸卷,三步并作两步,向刘老师跑去,美滋滋地展开了自己的画卷。我伸长了脖子,想欣赏一下"大师习作"。可杨岳川却使出一只手,挡住了我的眼睛不让看，真跟个什么宝似的。

"刘老师，这幅画是我用心画的，比后黑板上的那幅还好看呢！"他骄傲地说。刘老师手捧这画卷，会心地笑了，说：这20年后还是个宝哩！

看着一件件美丽的礼物，我想起了刘老师帅到呆的课堂，酷到毙的大字，站在升旗台上震撼全校的威武；想起了他训我们时的凶凶，夸我们时的哆哆，逗我们时的萌萌……这教师节的祝福里怎么能少了一个我呢？我决定：写一篇美文，送给这个"老刘头"。

毕竟，爱要大声说出来！

二　鼓掌，以真诚之心

掌声，是一种赞美，总带着相互之间的情感在人群中传递，并推动着我们越走越近。

初入初中的时候，同学们轮着走上讲台介绍自己。大多数同学略显紧张，但还是可以低着头，把要说的话说完再走下台来。可是就有那么一位同学，只说了一句他叫王一，就低着头站在台上说不出话了。看得出他是还想再说几句的，可嘴就是张不开，气在嘴里憋着，脸涨得通红，眼珠好像要被暴涨的气息顶出来。

我率先鼓起掌来，鼓励的掌声很快在教室里蔓延。

他惊诧地抬起头，起初以为我们是在喝倒彩、看笑话，但看了我们微笑的脸，似乎放下心来。平复了一下心情，他又说了起来。

如果不是这掌声，我们哪有机会知道他还是个优秀的演讲者？只见他渐渐放松，慢慢在台上侃侃而谈。讲的是什么我记不清了，但清楚地记得，他伴着热情的掌声下台时，经过我的旁边，就用他的手亲密地拍了拍我的肩膀。

初一学期的最后几天，我代表班级参加一项评选。站在平时老师讲话的光芒灿烂的学校大会主席台上，我泰然自若、富有激情地扮演着自己"班级代言人"的角色，台下的听众都成了"大白菜"。我慷慨激昂，超常发挥，台下不时掌声雷动。掌声似浪，一浪高过一浪，在富有音响效果的房间里汇集成一片，在我的心上久久回响。我扫视台下，有一位同学领掌格外卖力——王一啊！

事后，我问王一为什么鼓掌鼓得那么卖力，他那时的表现刻在了我心里，他揉着拍到红彤彤的手说："你讲得好，而且咱们是兄弟啊。"

是啊，一次掌声的交换，让世间多了一份兄弟情谊。掌声的发出与流动，也使我们形成了一个活力澎湃的集体。听说，爱听戏曲的人讲究鼓掌鼓在眼节儿上，鼓掌的人鼓得过瘾，被鼓掌的人心得知音，倍加精神。我想，鼓掌，以真诚之心，就像鼓在眼节儿上一样，会推动赞美和善意的多米诺骨牌吧！

三　朋友是自己寻找到的兄弟

从3月14号开始我心中就有了一种思考，它是关于兄弟情、手足谊的。

其实之前的生活现在看来浑浑噩噩，不是指事情做得不够漂亮，而是说没有深入地思考过身边的重要大事。当天开学刚有一个月，听到凯文即将赴澳留学的消息，有一刻头顶如雷滚过。

凯文和我家住得很近。我俩在入学报到的公交车上相遇，分到了同一个班，坐到了前后座，入学的考试成绩也相差无几。我俩本就聊得欢，缘分更使得我们入学之初就抱为一团。我体育不好，他就陪我早起练跑步，曾每天早晨6点准时按下我们家的门铃，叫我起来跑步上学。学校离家不算近，往来四五公里，兼有一个又一个陡峭的上坡，加之我的体力实在不好，进校门的结局便是他背着我俩的书包再拖着我进门！这样坚持了近一个月，我俩往往因为此事迟到，据说是班主任找他谈了话才罢休。后来的第一次期末考试我把这事儿写进作文，得了极高的分数并在校内朗读，我俩这兄弟情在学校也算是出了名。

我真心喜欢这种陪伴。初一的第一个学期，我们就亲如兄弟。

看到别的要好的朋友亲得“穿一条裤子”，我俩就勾肩搭背地哈哈大笑：“我俩都穿一条内裤！”虽然比喻粗俗不雅致，但这确实是我们一直以来的真实写照。他生病时我去他家给他补课，结果耗时3小时才把那天的课复述一遍，第二天作业也没有完成。我没敢说出真相，被老师叫出班级痛骂。不写作业的“说明书”，他果断替我写。后来“代笔”一事暴露，我俩又被请到办公室“喝茶”，低头认真听取批评。半小时后出来，我溜着边走墙角，他则扬起眉毛噘着嘴，大摇大摆地走出来，说：“兄弟为我蒙了冤，我担责任有什么错？下次这活儿我还干！”

自此，我们的义气里有了同气连枝的味道，凯文和我成了异父异母的“真兄弟”，虽然一个姓杨一个姓殷，我们约定互相知无不言，接下来能并肩行走的路都要一起走。

事情转变是在初二下学期的3月14日，这个日子我记得相当清楚，因为总幻想可以抓住时间的流逝让它永远停在那里。那天我听到其他同学议论“凯文要出国留学”，心中顿时一紧，尔后又觉得不大可能，凯文有什么事还会不告诉我？后来跟凯文谈及此事，他却只是面无表情地点了点头，那一刻我眼前一黑好似过电，久久没有回过神来。我真的生气了，有接近一个周没跟凯文正常地说话，一是对他要离开远去不复回的心伤痛苦，二来也是对他有如此大事不告诉我的愤怒埋怨。是年少的兄弟更抗不得一丝丝儿的冷落和背叛吧？我冲着凯文拍桌、挥泪、狂吼，竟然有要痛打他的冲动，他又只是坐在那里呆若木鸡地点点头。

大约一个周之后，我俩渐渐平复了情绪，他就约我打游戏，我婉拒。那时临近会考，学业繁重没有时间玩，但是互相在意的心情却是理解的。这段风波算是平息了下去。

再后来，我抽出半小时时间每天陪他坐车回家（其实抽出半小时已经很不容易，为此作业都要写到 10 点半左右），然后他请客在路边小店吃根香肠。

夕阳下，我俩走着。

"其实我早知道告诉你出国的事你会有那样的表现……"

我没有回答，过了半晌，"你其实是不想让我带着情绪影响会考对吗？"我问道。

他没说话，只是又走了两步，然后回过头，一改平常嘻嘻哈哈吹胡瞪眼的不正经，郑重地把手压在我的肩头，说："不会有情绪了吧？""嗯。"我点头，然后就只剩下满嘴的香肠的味道。吃着吃着，我俩对视着笑了。

心中再无愤怒，有的只是对兄弟举动的理解和对他即将远去的不舍。

凯文是 7 月 20 号的飞机，远赴澳大利亚。当时凯文已经搬家，7 月 19 号，我约他到原来常常走过的地方再见一面。

先是在一烧烤店草草果腹，然后就走到了两年来一直并肩走过的放学小路。"老板,两根肠。"凯文熟练地掏出钱,但我抢先拿出,一把拍在桌上,说:"这次我来。"没有往常一样的争辩,只有默默地一笑。夕阳西下,我俩又一次,也可能是最后一次吃着香肠走在小路上。原来嬉笑打闹,吃着吃着就开心地笑,这一次却寂静无声,吃着吃着就有了泪两行。

"这是那次玩游戏你藏的地方,你忘了你上衣被挂在了树上,还是我把你弄下来的呢!"

"哎,你嘚瑟什么,是谁上一次玩使坏耍赖被我按在那边的墙角里'暴打'一顿的?"

"你厉害你厉害,那你掉进过那边那个坑里是怎么回事?!"

我俩之间渐渐有了声音,尔后是此起彼伏却不是你争我吵的一人一句,诉说着在这些最熟悉地方的最美丽的回忆。再最后,走到深处,我俩快乐地笑了。

心中已释然。走到路的尽头是车站,我们停在了那里。

"兄弟不求别的,你上飞机之前给我来个电话。"

"好,你不是在上课吗?"

"上课我也接。"

我们就这样并肩站着,再没有说一句话,只是靠近站着,错过了一班又一班公交车。

"出国了好好努力,别给兄弟我丢人!"

凯文上车前郑重地回答:"一定!"

自此心中再无牵挂和不舍,有的只是对即将起飞的兄弟的一腔鼓励,希望他能够飞得更高更远。我对兄弟情、手足谊似乎也有了更深的认识:

小时候,兄弟情是16级高高的楼梯台阶,他家在上头,我家在下头;

兄弟之爱就是放学后的足球,玩耍嬉闹。

大了点,兄弟情是两所不同的学校,他要往东走,我得往西走;

兄弟之爱就是假期里的握手,交谈出游。

毕业了,兄弟情是段贯穿南北的铁路,青岛在这头,他搬去那头;

兄弟之爱就是寒暑假的信件,相聚怀旧。

现在,兄弟情是一片宽广的太平洋,我在这头,兄弟在那头;

兄弟之爱就是偶尔连线的电话,鼓励加油。

在老妈的微信上看到一段话:"兄弟是父母给你的朋友,朋友是你自己找到的兄弟。""兄弟"一词的真正含义并不只是嘻哈玩耍的玩伴,也不是勾肩搭背的朋友,而是心灵上真正互相接纳认可的挚友知己。不一定有共同的爱好和观念,但是一定要有的是海内存知己的心灵交流。他们可以让你在平凡中得以崛起,在困境中得以振作。这其中的关键就在于真正的兄弟给予的是信念!

那么兄弟之爱也变得宽广起来了。它不仅仅是要求朋友相互信任,也不仅仅是心怀对方牵肠挂肚,而应该是一种更加宏大的爱——不只希望兄弟的手搭在肩头,更是希望兄弟能够更好,能够真正地飞翔!在兄弟脱手飞翔的那一刻没有阻止和不舍,有的只是对兄弟新的人生的祝贺和祝福!

这才是兄弟之间真正应该具有的兄弟之爱。

四　肩膀

放假期间,姥爷住院了,我心急如焚。

那早些年还硬硬朗朗的姥爷现在卧在一张小小的病床上，面如土灰，连那永远宽阔、永远厚实的肩膀也蜷缩着。坐在他的床头，摸着他蜷缩着但骨骼、肌肉仍分明的肩膀，我的眼泪就流了下来。

姥爷年轻时是一条铁一样的硬汉，戏耍时能"放倒"县城里四五个年轻人。县城里人人都说他有一颗热心、一双冷眼，尤其是有一副硬如钢铁、敢于承担的肩膀。他用这肩膀扛过麻袋、挑过担子、担过工厂厂长的责任，更架起了童年时的我。

小时候姥爷喜欢让我坐在他的肩膀上，说是带我"骑大马"。姥爷一把身子弯下来，我就麻利儿地抱着他胳膊上的腱子肉爬上去，然后妥妥地往他肩膀上一坐，向后一缩脚，轻轻点在他的胸口上，再叫一声"驾"！祖孙二人就快乐地出发了。每每回想起坐在他肩上向邻家小孩招手的情景，那结实、宽阔、有弹性的温暖肩膀是多么令人享受啊！它总能带给我放肆的快乐和仿佛身处高高堡垒上的安全感。不过有一次，我因为紧张紧紧抱住了姥爷的头，以至于捂住了他的眼睛，导致祖孙二人结实地、狠狠地撞在了一棵大树上，想想真是又好气又好笑。

姥爷的咳嗽声响起，我把一杯热茶递到他面前，看见他的肩膀轮廓。我向苍天发问：这曾经被童年的我压弯的肩膀，这因为长期工作而患上肩周炎的肩膀，这以后可能要在下面顶一根拐杖的肩膀，还是人们所说的"很硬"的肩膀吗？

很长很长时间以后，我才逐渐明白了：是的，它是。纵使它是佝偻着的，是生着病的，或者是残缺的。但是，它承担过家里的生计，它托起过儿女，它像钢一样撑起过一片饱含责任与爱的湛蓝天空。

姥爷出院后，我悄悄地但很多次地故意去拥抱他，还有我的父亲。

我想摸一摸他们肩膀的宽度，了解一个男人的心胸；

我想摸一摸他们肩膀的厚度,体会一条汉子的责任担当;

我想摸一摸他们肩膀的硬度,追寻一根擎天柱的骨气和刚强。

五　妈妈的微笑

妈妈的微笑在我举足失措时给我重新站起来的力量,妈妈的微笑在我茁壮成长时给我奋发向上的力量,妈妈的微笑将伴我走过一生,是我心中最美的太阳。

对于妈妈的微笑,我记得最清楚的是一年级时,我俩赴上海比赛。比赛的演讲稿我本背得很熟,可是一上场接受台下注视的目光时就手足失措了。弱弱的我站在台上"神魂颠倒"地说着,口不择言语无伦次地说着,最终无话可说,竟呆站在了那里。

台下哄堂大笑。笑声像铁锤重重地敲打在我的心灵,我分明感觉到一股鲜血从心脏直冲到了脑门!

这时,远远地看见,妈妈在笑!

这笑容清清朗朗的,有别于那哄堂大笑。没有鄙夷和否定,有的只是可以化一切为虚无的一双动人的明眸!没有声音,但眼神中绝对有无懈可击的能量,它让你讲下去的勇气像日出一样不可阻挡!后来的记忆便不甚清楚了,只记得比赛的成绩竟然很好。

妈妈的微笑给我克服困难的力量,也在成长的时刻为我助力冲刺。

期末考试前夕,我在学校大型活动中担任重要角色。舞台上,我用成熟的语言和优秀的演技将主人公英勇抗争的形象淋漓尽致地诠释了出来,赢得了掌声!舞台下,妈妈却一再微笑着教导我成绩才是一个学生的根本,微笑中俨然流露出鼓励、鞭策、坚韧和一个母亲所能拥有的最大的骄傲。

　　当时同学们说我总是无故"傻笑"，肯定是洋洋得意过度，而他们怎么知道，我的笑容与妈妈惊人的相似：眉宇间全是坚毅和奋发向上的能量！带着微笑收割汗水，再带着微笑面对新路，有妈妈在，总是会转角遇到爱。

　　近几年，妈妈工作日益繁忙，鲜有时间与我坐下交谈，几乎整日漂泊在外，为了儿子和生计，似乎与我越来越远。近几天收拾旧物偶见一张旧相片，那是挺着大肚子的妈妈和爸爸在广场上毫无保留地笑着。手抚肚子的她快乐地笑，笑容与现在一般模样。我也笑了，原来微笑的力量早已在血脉之中了。

　　蓦地，一缕阳光从窗外射了进来。

我们需要科学地改变生活

一 "恶习"难改

前些日子,我在网上看了一个老师调查学生是否吸烟的笑话,今天又在《哈佛家训》一书中见到了,便不只是使人发笑,心里也萌生出一份对恶习养成改正不易的感慨。

故事中,老师调查抽烟情况,给学生设置了"吃薯条"、"蘸番茄酱"、"给同学们带薯条"和"老师来了"的多种情境,抽烟的小伙伴们纷纷"露馅",表现出抽烟者特有的习惯动作和躲避老师的行为。

故事情节虽有些夸张,却生动形象地再现了"习惯成自然"这一真理。这抽烟的恶习一养成,无论你怎么伪装,潜意识里都还是有的,就如同尾巴,怎么甩都甩不掉。就像文中第一位"落马"的同学,当老师递过薯条,他习惯性地用食指和中指夹住。

不好的习惯一旦养成,它的表现往往是无意识的,产生的影响是深远的,造成的后果是严重的。这让我又想起一个经典的故事。

从前,有一个学理发的学徒,师傅让他用葫芦练习手艺。他每天拿着剃刀刮葫芦,练习"刀法"。这位学徒每次认认真真地把葫芦表面刮干净后,都会很潇洒地顺手把剃刀插到葫芦上,表示自己的一次练习结束了。就这样练了三个月。这一天,师傅想试试徒弟的手艺练得怎么样了,就让徒弟给自己剃头。这位徒弟很熟练地用剃刀给师傅剃完头,剃刀也"顺理成章"地插在了师傅的头上……

"恶习"难改,这就要求我们从一开始就要养成良好的习惯。在课堂上,我们要养成高效汲取知识的习惯,把老师讲的一词、一句、一事、一意都理解透,掌握准,把老师讲的知识点准确转化成自己可操作的能力;在学校里,我们要养成高素质公民的良好习惯,遵章守纪,友善处事。这些习惯将如影随形体现在我们的生活行动中,不必时时记起,但总处处常在。

相反,如果不好的习惯已经形成,就只能靠自己的意志和毅力来去除它了。"恶习"难改,您还放纵自己的不拘小节吗?

二　我们需要科学地改变生活

最近在读《科学改变人类的 119 个瞬间》,有一些感触。

X 射线,让人们看清了自己;空调,让室内四季如春;电子管,让世界进入电子时代;无线电广播,让你能听到远方的声音;维生素,让生命之树常青……《科学改变人类的 119 个瞬间》这本书向我们介绍了 100 多年来改变世界的科学发明和科技进步。

在这些事例中,有一些发明和发现对人们有利,如卡介苗、胰岛素等。卡介苗是人类"出生第一针",而胰岛素的发明也挽救了许多人的生命,糖尿病病人只要注射了胰岛素就能像正常人一样生活。

有些发明却拥有截然不同的两面,一开始是以凶恶的面目展现在世人的面前,如核能。核能的出现和使用是在二战后期,原子弹的爆炸举世震惊。随着社会的发展,人们发现核能可以用来发电,核电作为一种清洁能源，目前广泛被人们使用。

还有一些发明面世之初曾备受人们推崇，随着时间的推移和产业的快速发展，其负面影响日益显现。汽车的快速灵活，给人们带来极大的便利，但是随着汽车数量的快速增长，造成诸多城市的交通拥堵。汽车排放的尾气更是可怕，北京由于汽车尾气过多等原因，空气中的 PM 2.5 超量，导致 2013 年 1 月只有 5 天是晴天，其他日子里的天空都被阴霾笼罩。抗生素被发现之初，成为战争中负伤士兵的有效的消炎药，拯救了无数士兵的生命。随着医疗事业的发展，抗生素的危害越来越多地被披露出来，抗生素的滥用，将会使人陷入生病后无药可医的危险境地。

我们的生活中出现过很多令我们眼前一亮的东西，以后还会有更多这样的东西进入我们的生活，影响和改变我们生活。是福？是祸？需要我们擦亮双眼。

三　好好做个"社会人"

上周末打开电视，播的是《极限挑战》。

看到平时崇拜不已的众多男星一起斗智斗勇，不知不觉就沉浸其中，不可自拔。看完后拍手哈哈一乐，但也引发了我对"做人"一事的思考。

这一期要求参赛的男星们抢夺金条，最终金条数目符合要求者获胜。令我印象最为深刻的是孙红雷和张艺兴的组合。

他俩在山上结盟。张艺兴崇拜着孙红雷，真诚地对他说："你是我偶像！"决定把自己金条的一半分给孙红雷，让他获胜。一路上张艺兴叫着"红雷大哥"，还在车上剥花生喂给孙红雷吃。到了中午，两人找到肯德基吃饭,孙红雷去买汉堡,张艺兴把金条托付给红雷,去上厕所。孙红雷坏坏地笑了,恶作剧般卷走张艺兴的金条夺门而去。

张艺兴从厕所出来,店内店外、楼上楼下都找遍了也寻不见人和金条,掐着腰站在人流中,纯真真诚的张艺兴站了许久才缓过神来——他的"大哥"背叛了他!

那一刻,镜头甚至特意拍到长着一张年轻干净的脸的张艺兴眼中有泪。

于是,张艺兴只能孤身一人红着眼眶"卖唱",筹钱坐地铁到码头。孙红雷走到半路,游戏的乐趣稍一消散,就不断地心中内疚,犹豫又犹豫,便开车回去接张艺兴,奈何早已人走楼空。从此,"大哥"孙红雷就陷入了深深的良心谴责之中。他赶到码头,向张艺兴多次道歉却遭拒绝,最后听任自己的金条箱被罗志祥趁机盗走。

整个过程跌宕起伏,看罢也让人思绪万千。

老妈的场外点评是:真人秀节目,拼的是个性,看的是道德和人性两难境地时,人的抉择。

节目中,张艺兴是一个"好人",真心真意地与孙红雷相处,热情地答应把自己的一半金条分给孙红雷来让他赢,单纯地把自己的所有金条交给既是游戏伙伴又是对手的红雷大哥来看管。那样看来,孙红雷完全就成了一个"坏人"了——对张艺兴的热情真诚,他以欺骗相报,更是甩掉身无分文的张艺兴,独自去领赏。

可是我又想,如果这样简单,孙红雷会犯这个错误吗?对于一个人的判断,仅仅可以用简单粗暴的"好""坏"来区分吗?这显然是不够客观、不够科学的。

一个人的"好"与"坏"是由在特定场合、特定情境下,他作出的决定、采取的行动,被站在某一方立场上的观众,依照这一方的观点定义得来的。那么就是说有几种观点,这个人就会得到几种评判。

　　孙红雷扮演着游戏里的角色,抱着游戏的心态,认为可以采取"抢""骗"等手段获得胜利。张艺兴放下金条离开,在"取得游戏胜利"这一目标下,孙红雷作出了"卷走金条溜走"这一决定,于是乎被张艺兴方的观众们义愤填膺地骂了"坏蛋"。张艺兴待孙红雷真诚,在孙红雷只有4块金条时决定帮助红雷大哥,把自己金条分一半给他,在观众眼中就成了"好人"。但,那些支持孙红雷的观众会不会觉得,孙红雷是依靠"机智"取得金条,而张艺兴天真得连自己的金条都看不好反而是一种"愚蠢"呢?

　　我觉得"社会"这个标准在我的眼中是更贴切的。

　　我这里指的社会并不是人们一下子想到的叼着烟卷、满口脏话像是黑社会的"社会"。张艺兴年轻,单纯善良,最后丢了金条,不能算是个"社会人"。孙红雷"老奸巨猾",颇有大哥风范,"巧取豪夺"金条,不过"社会"程度过了火。

　　做个"社会人"要理性。像孙红雷那样置身在特定环境中,看懂游戏的目标,遵从游戏的规则,追求游戏设定的好结果。

　　做个"社会人"要善良。像张艺兴那样,对人真诚,心存善念。即便是做了坏事的"孙红雷"之辈也还是愿意与善良的人交往,在善良的人面前感到惭愧,并反省收敛。

　　做个"社会人"要保有底线。不要像"孙红雷"那样,一念之间,为了目的不择手段。君子有所为有所不为,才能够心安理得,过得坦然。

　　做个"社会人"要懂得弥补。节目的后来,不只孙红雷,节目组的每一个人，都在需要时不约而同地让了步，张艺兴竟然得到了游戏的冠军。后来，节目之外，孙红雷还多次组织自己的粉丝团，去参加和支持张艺兴的演出活动，用真诚的行动向这个单纯的小弟致歉，用真诚的行动向这个善良的小弟表达出"我想与善良的你做朋友"的热情和坦诚。我想，罗志祥、黄渤、王迅等其他参加游戏的明星们之所以让步，也是这样的吧，大家都不希望失去张艺兴这样的纯真，人人都想维护住美好的东西！

做一个"社会人"，应当是要求我们永远把自己放在社会环境中为人处世，应该是做到能够正直地保全自己的利益，在此基础上，做事情自己顺心、他人放心。总以一种成熟的心态和作风与他人相处，像张艺兴那样过于单纯善良不成熟以至于丧失了自己的财产，是不合适的，像孙红雷那样靠"巧取豪夺""坑蒙拐骗"来取得胜利也是不正确的。

这样的话，我们的社会是不是也就更好了？

好好做个"社会人"应当是生活在这五彩斑斓的社会中必须具有的一种能力和素质，这也成了我今后做人的一种目标。

四　在挫折中，我渐渐成长

泥泞的山路教我小心，以此登上山峰；湍急的河水教我坚持，方能逆流而上。年少无知的我正是在挫折中渐渐成长。

步入初中，压力扑面而来，压得我反应不过来。接连四五场考试失利使得身边的气压也似乎一下子让人窒息。那时自己反省，大部分错题竟是粗心所致！便暗暗加大练习量，同时告诫自己：小心、小心、再小心。这般练习两周后，又迎来了考试。别人的笔已经在纸上走得飞快,我却仍在潜心审题,前几次的挫折经历在我心中不断呐喊:读题三遍,稳住、小心! 开始答题,我稳稳下手,力争妥妥地完成题目所有繁杂细致的要求。

"挫折是剂良药,教人不在同一个地方跌倒两次",此后我再也没有犯过粗心的错误!

那是第一次如此严谨小心地做事,收获的不仅是高分,也是层层抽丝剥茧般严谨的答题技巧,更教给了我认真扎实做任何事的人生态度。在挫折中我开始成长。

我曾参加演讲比赛,在初选中就受挫,因紧张口齿不清,发音也不饱满准确,仅以临界线上后几名的成绩险胜入围。明知晋级已希望渺茫,但内心坚定地对胜利的渴望使我仍坚持练习。

走向赛场的路是坚持不懈的努力:大夏天在无空调的大教室昂首挺胸练站姿,千把字的稿子"揉碎了嚼烂了"声情并茂地讲出千遍,直至口干舌燥,停下,喝水润喉,继续! 梅花香自苦寒来,是那劳累坚持的日日夜夜给了我演讲比赛的好成绩!

挫折给了我一个低起点,但不妨碍我踏着它走上峰巅。此后我又遇到过许多挫折:强大的对手教给我勇敢,失意的结局教给我坚强,一波三折的峰回路转教给我变动不居,一次次被打倒后无畏地站起教给了我不屈的韧劲。

我在和挫折交好的过程中渐渐强大。

挫折是我成长的垫脚石,它一次次乔装改扮地出现,拼成了五彩向上的台阶,踏上一级便收获一步,也让我向远处更高大伟岸的自己攀升!

五　不必次次赢，其实也快乐

　　我是第一名！不知是不是天道酬勤给我一次小快乐，一直名不见经传的我将长期霸占第一把交椅"东方不败"的Ｃ拉了下来，顿时成了班里的焦点。

　　老师环视班级时会把多一点的目光投给我，同学们下了课也偶尔围在我身边，有事没事拿几道题考考我。若我会，就拱拱手口称"学霸"；若我语结，就"神采飞扬"地在教室里奔跑，以考倒我为乐。他们找到了新快乐，我的压力却骤然如山大。

　　可我真是个学霸吗？

　　我努力维系这"无冕之王"的新角色。

　　终于有一天，老师出了一道难题，同学们沉默了，Ｃ也似乎虎视眈眈地看着我。气压突然变得很大，压得人似乎有些喘不上气来。渐渐地，我感觉到同学们的目光向东南角的我身上集中过来。突然，迷迷糊糊中我鬼使神差地站了起来。站起来的那一刻我就不知所措了。我面红耳赤地站在讲台上，台下同学们的目光给我灼烧一样的炽痛。后来，我开始说一种自己也听不懂的语言，最后又木痴痴地呆在了当场。一瞬间，台下爆发出了一阵"豪放"的、乃至"惊心动魄"的笑声，尤其是Ｃ，险些"惊倒"了老师。我在众目睽睽之下下了台。

　　在这帮唯恐天下不乱的小伙伴儿眼里，"第一名"出了丑，这是多么令人"愉快"的事。

　　这样的日子过了许久，又一次期中考试如期而至。这一次我决定放下担子，冷静赴考，不管结果如何，要的就是做最好的自己。

　　发成绩的那天是个晴朗的日子,我并没有超常发挥,成绩只在前五名内。转头看看第一名 C,他也正惊讶地看我。伸出手,我微笑着祝贺他考了个好成绩,并说以后要再努力,看他是否还能保住第一名的"江湖"地位。他略微迟疑了两秒钟,就也伸出了一只手,说他接下了"挑战书"。与我大战三百回合? 没问题! 春天在我们两人脸上绽放。

　　放学后走在海边,黄昏中,天是那么豁亮,地是那么广。以后,不论"输"还是"赢",也不论是谁问我考得怎么样,我要说:我只做最好的自己。不必次次赢,其实也快乐。

读城

旅游是一种很好的学习方式，不只是到另一个地方看风景。旅行中遭遇人和事，人要不断处理事，每件事情每个人都有不同的处理方式，全部都是学问。

——老妈的《旅游碎碎念》摘记

天地璞玉：海拉尔之旅

一 订票感悟：直飞海拉尔

不仅要读万卷书，行万里路也是学习的一种好方法。旅途中不光可以观赏美景，与人交往的过程也可以丰富我们的阅历。

8月初，我们在家里为海拉尔之旅订票，与我们同行的伴儿却和我们产生了分歧。由于工作原因，他们希望可以晚出发一天，而我们却不希望放弃这难得假期的哪怕一小时的美好时光。他们的经济相对自由，而我们却对高昂的机票价格头疼不已。终于，经过几次来来回回的沟通与磨合，我们定下了行程。我们带着我的同学先走，先飞去海拉尔订好酒店，观赏一下古迹，其他人随后到。机票方面，妈妈也请自己的老同学帮忙，解决了票价高的难题。虽说订票的过程实在麻烦，可好事多磨，旅游这件大好事又怎能少得了磨合呢？

既然要去磨合，又要力争把这件事"磨好"，就要在与人交流时彬彬有礼，不能带有不负责任的消极情绪，更不能遇到一点点分歧、失败或挫折就恨恨地指责和撂挑子。当它是一件快乐的事情，不论成败，心中装的必定是快乐；当它是一种负担，即使成功，也未必会心情舒畅。

而且，不仅要有交流沟通的能力，还要得到别人的帮助。所以在生活中处处"留芳",给别人留下好印象也是必不可少的。这次订票中，妈妈一直乐呵呵地抱着平和的心态，把朋友的困难和需求考虑进订票的过程中，满足我们想法的同时也主动地去解决对方的问题，更是靠着曾经设身处地为别人着想积累来的良好人际关系，帮我们解决了票价高的难题。所以"不以恶小而为之，不以善小而不为"，才是获得帮助的好方法。

赤壁之战中，诸葛亮不也是靠着君子形象、高声望还有出众的交涉能力成功劝说孙权，孙刘联手共破曹操之阵的吗？

有时候，成功靠的不仅是自己的力量。大事小事都一样，只有真正为别人着想才能得到别人的认可。而只有得到了别人的帮助，解决了大家的问题才是王道。

旅行中处处是学问，订票已经给我拉开了它的序幕。

2013 年 8 月，我作好了用镜头记录海拉尔的准备   摄影：李莹

注：此中详情可参看附录《豪妈杂记》之《旅游碎碎念》

二 网上神游：“驴友”之路

"'驴友'是对户外运动自助、自主旅行爱好者的称呼，也是爱好者自称或尊称对方的一个名词。它更多地是指背包客，就是那种背着背包，带着帐篷、睡袋，穿越、宿营的户外爱好者。因为驴子能驮能背，吃苦耐劳，所以，也常被爱好者引作自豪的资本之一。"

——搜自百度百科旅游者百科分类＞社会＞职业＞旅游者

这次去海拉尔，驴友会走什么样的路，看什么样的风景，吃什么样的美食，住什么样的小店呢？

百佳妈妈是位地道的自助游爱好者，经过十几天的精心搜集和筛选，她设计出了一条纯天然、美不胜收的"驴友之路"。我决定依着这条线路，先来一次"网游"，提前去串串海拉尔之旅中的"草原明珠"。

驴友必选站：

阿尔山

那里"草原如海，绿浪梳风"。每年 6 至 7 月更有"百花吐艳，缤纷绚锦，让人感到荡气回肠"，心旷神怡！"而此线路不但包含草原、湖泊、森林、湿地、河流、名城、古遗址、水陆口岸、民族乡村、牧户老乡等等，还可以学会一项历史悠久的贵族运动——马术。"

"草原的风光无限好。可想而知，在这一望无垠的大草原上，扬鞭驰骋是多么潇洒，多么自由。让你也体会一下当年金帐之前蒙古勇士们誓师出征时，那旌旗蔽日，矛戈森列，战马长啸，虎威生风的英姿。欣赏完湖光山色,再骑着纯种草原三河马在草原腹地自由驰骋才不枉此行。"

——搜自天涯论坛内蒙风情:呼伦贝尔大草原旅游线路特点

根河

游览完了连绵起伏的山峦,看一看根河,享受一下纯净的自然清泉也是十分舒服的。根河"矿产资源丰富,并拥有蒙、汉、回、满、鄂温克、鄂伦春等 13 个民族"。那里树木丛生,百草丰茂,拥有天然林场 135153 公顷。"汗马自然保护区和鸟兽保护区更是摄氧、避暑、度假的胜地"。这里著名的旅游景观有"鹿鸣山、蛤蟆山、凝翠山、月牙滩、脚印湖等","敖鲁古雅鄂温克民族乡也是我国唯一人工放养驯鹿的地方"。

——搜自好问好答:根河市在哪里

边卡

百佳妈妈路线上的第三站"边卡"与前两站相比平添了几分传奇色彩。公元 1689 年,清朝康熙皇帝"与俄罗斯签订《中俄尼布楚议界条约》,确定额尔古纳河为中俄界河,东岸属中国,西岸属俄国。自公元 1727 年起,清廷沿额尔古纳河右岸先后设置 18 座卡伦(哨所),其中 14 座设在今额尔古纳市境内,界河沿岸尚有边卡要塞遗迹","远远望去,要塞星罗棋布,颇有阵势,更彰显出当时中国国力的雄厚"。

——搜自九游网:边卡要塞遗迹

"室韦"天堂

对热爱美食的人们来说,下一站室韦就是天堂。室韦镇虽小,但历史久远,"早在隋唐时期蒙古室韦部落就在这里过着游牧渔猎为主的游牧生活"。室韦人"擅长种麦、放牧、狩猎和捕鱼,这里有一个国有农牧场,多数居民成为农牧场职工。他们自发地发展家庭经济,饲养奶牛、种植蔬菜","'列巴''野果酱''酸黄瓜''西米丹'是他们自制的风味小吃"。每当劳动之余,室韦人喜欢聚在一起,手风琴和着森林潮,男女们跳起欢快的俄罗斯民间舞蹈。

——搜自北方网:天堂的光芒内蒙古室韦镇自助游攻略

黑山头古城

品尝完美食,再来欣赏一下有着数千年文化沉淀的黑山头古城吧!黑山头古城遗址分内城和外城,城墙均为土筑。其城址"坐北朝南,气势宏伟""外城呈方形,周长 2.35 公里,占地 346290 平方米""内城处于外城中间偏西偏北位置,呈长方形,周长 560 米,占地 18871 平方米,有东西两座小门,城外亦有壕""整个建筑呈'干'字状,址内花岗岩圆形柱础排列有序,琉璃瓦、青砖、龙纹瓦当和绿釉覆盆残片俯拾皆是"。有记载考证,该古城是"蒙古汗国时期成吉思汗大弟拙赤哈撒尔王的封地"。黑山头古城遗址"对研究额尔古纳市历史的沿革、考证具有重要的价值和意义,也是人们寻古探幽、祭拜祖先、体验蒙古民族生活习俗的旅游胜地"。

——搜自同程网:黑山头古城旅游概况

如此看来,驴友的这条旅游线路是相当的多姿多彩。

另外,在我网上神游海拉尔的三四个小时中,还有两个景点的资料始终不能从网上找到。我想,在驴友的旅途中,依旧存在着不少未被商业化的景点吧!正是这些人迹罕至的地方,让驴友的行程始终保持着一份"剑走偏锋"的神秘之感。探索自然,这样不是更有意味吗?让我们都做驴友吧!背着背包穿行于神州大地,享受生活!

2013 年 8 月,海拉尔我来了　摄影:李莹

题外的话:

这一篇里,好些文字不是我的原创。网络是个浩瀚的海洋,读着驴友们的文字,图文并茂,情趣徐来,眼睛被美景美文喂养着,头脑也觉得"活色生香"起来。也许我无法写得更好,于是我就做了那个认真地生吞活剥的小孩,咀嚼后组合起来,就容我向网络致敬,向叔叔、阿姨等前辈驴友们致敬,也向我的信息技术老师致敬。

三　驰骋巴尔虎草原

草原风光无限好。迎着初升的朝阳,挥起我的马鞭,在广阔的草原上追风逐浪……

一想到这些,我的心就仿佛有千万只手在挠,恨不得立即跨上一匹属于我的马,在草原上自由驰骋。

终于,经过 15 分钟的"漫长等待",我们抵达了马场。

我们哈欠连天地来到马群前,可小马们却个个精神抖擞。我跨上了一匹黑马,跟着大部队向草原进发。

一路上,我不时趴在马背上,与马儿耳语,有时也不失兴致地给它抓抓毛。马群深入了草原腹地,我也大胆地"拍着马屁"向更深处冲去。我右手抓紧了缰绳,双脚蹬住了马蹬,双眼直视前方,左手猛地拍一下"马屁",马儿就奔驰了起来。马儿上下颠着,双手握着缰绳的我颇有一种蒙古将军的气势。

不一会儿,我便入了佳境。

经过十几分钟与马的磨合,现在的我可以骑得飞快。我不用紧抓缰绳了,脚也不用死死地蹬着马蹬。每当转弯时,我还可以双手高举,摆出一个凌空飞跃的架势。

我骑着马飞快地奔驰,一幕幕草原美景从我面前划过。美丽的蓝天,洁白的羊群。此时,满耳都是大自然的声音:萧萧林涛,牛儿哞哞地叫,虫儿轻轻地唱。

2013 年 8 月,我在巴尔虎草原上打马而行

摄影:李莹

一切都是那么美好。

　　正当我得意忘形之际，我的双脚突然与马镫"失去了联系"。这时的我立马没有了之前的神气。我死死地抱住马的脖子，脚在下面左右乱踢，试图找回马镫。我的身体像一个无助的钟摆在揪心地晃动，一层层草浪裹挟着尖叫声回荡在草原上。突然，我蹬到了马肚子，这匹本来就在飞奔的马再一次加了速！由于长时间的颠簸及害怕，我的手已经使不上劲，正在一点一点向左倾斜。我闭上了眼睛不忍再看。这时，我的脚突然踢到了一个坚硬的东西——马镫！我欣喜若狂，使劲儿蹬着它正了正身子，再用另一只脚继续寻找。终于，经过一番"殊死搏斗"，我找回了失落的马镫并减缓了马儿的速度，而此时我已因紧张和疲劳而汗流浃背。

　　下午，我们离开了马场。活动了一天的我想立刻回到家乡青岛的怀抱，可对我们来说，明天又会开启一段新的旅程。

四　最美湿地额尔古纳

　　蓝蓝的天与碧绿的草在远处交汇，天上的白云与遍野的牛羊形成比对。

　　这，就是额尔古纳湿地。

　　额尔古纳湿地是全亚洲最大的湿地。远望，芳草如茵连绵不绝，如万顷碧波。山有多绵长草就有多绵长，坡有多悠远草就有多悠远，蓝天和白云更在山的那边无限伸展，安详自在。看它的人们也不禁觉得胸膛荡平了，气息舒展了，心情都辽阔起来。近处，牛羊成群，鲜花遍地，鸟鸣声与牛叫声在空旷的湿地与草原间回荡。

　　牛儿"哞哞"的叫声在它庞大的身躯内部产生共振，再传出来，便使得整个草原、山丘、湖泊的意境分外悠远。

听律师傅说，这里还是天鹅的聚集地。

每年 3 至 4 月，成百上千的天鹅成群飞来。它们像久别重逢的老友，在空中互相追逐，一起盘旋。而天鹅与湖就是绝美的搭配了。天鹅在水上起舞，翅膀轻拂水面，时不时地与羊群和牛群一唱一和。清爽优美的天鹅音配上深沉的"哞"或"咩"，岂不是自然里的天籁之声？在这动听的自然歌声中，天鹅们表演着货真价实的"天鹅湖"，令我们着迷。

我们一行人站在丘顶，迎着风，伸开双手。在清凉的山风中，我们襟飘带舞，尽情融入这自然用生命的美与力量谱写的乐章。

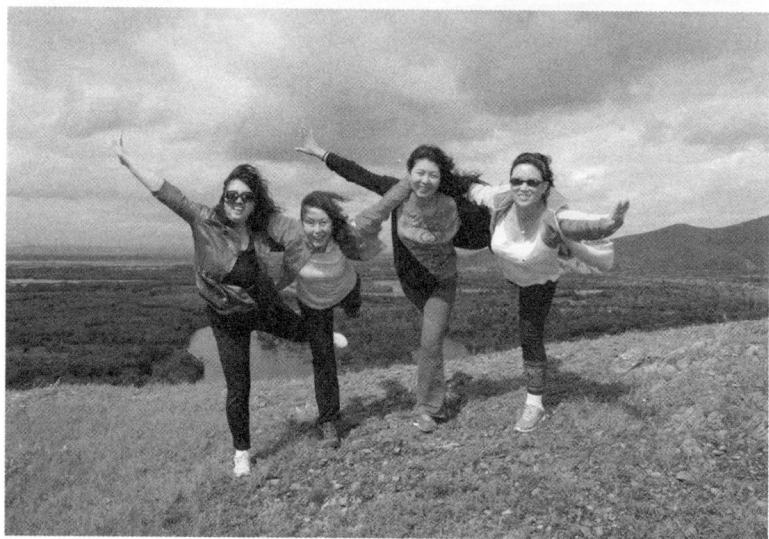

2013年8月，我用镜头拍下静静的根河和放飞心情的妈妈们

人文圣地：游走五台山

一　佛韵绝美五台山

"山不在高，有仙则名。"面对高山，人们感慨：山河壮美；面对仙山，人们赞叹：佛光普照，而面对五台这集"高"和"有仙"于一体的千古名山，我只有默而无言但快马加鞭地奔赴而去。

五台山确实高而秀美。五座主峰都有 2000 多米，站在五座山峰怀抱着的台怀镇向山上仰望：山脚下是大片大片的金色森林，深的金红，浅的明

仰望五台山　摄影:李莹

黄，色泽与日光相映，林涛随秋风而响，与寺中古钟之声混合，在人心上拂过宽广辽阔的余响。半山腰虽间有杂树，却芳草鲜美，如淡

俯视台怀镇　摄影:李莹

黄玉环一般的一整块完整草地嵌在大山中间,被秋风横扫过后远观竟纹丝不动,只有身临其境才可看到清草儿在风中摇曳的景象。山顶的淡淡积雪在青山绿黛中浅浅一抹,与山腰儿下的明黄色产生鲜明对比,积雪反射的日光耀眼又清爽。可无论是俯视还是仰望,五台山鲜艳的颜色总是浑然一体,任何光彩照人的颜色都出挑儿而又不显得突兀。秀美的五台山有一股使人倾心的力量。

五台山的山谷中星罗棋布地散落着124座小庙。钟声响处,雕梁画栋的庙宇那大片乌黑的屋顶透出一种古朴、庄严和神秘的气息。而五爷庙就是其中清烟缭绕、香火鼎盛的所在。相传庙中供奉的五爷曾帮助过迷途的康熙爷。因康熙感恩,五爷庙扩建,也成了这山中最灵、香火最旺的庙。前来拜五爷的人早上6点钟前就排出长队,直排到庙门之外。人们无不怀着一颗虔诚的心:有的信众闭目、低头、诵经;有的游僧远道而来,则五体投地,一步一叩拜上山门。而人们

五体投地的朝圣者　摄影:李莹

膜拜的五爷就在庙中"高坐"，身披战袍但面目慈祥，双手平放于膝上，虽没有怒目圆睁但威严自在，依然给人一种神圣庄严的感觉。前来还愿的人们总是千恩万谢，念着五爷的好，在庙前摆一台五爷最爱听的大戏。千年的清幽佛寺与世俗的喧闹人群融为一体，五台佛韵的深入民间可见一斑。

　　佛云灵秀地，绝美五台山。千百年来，它以独特的佛教文化和优美风景感染着世人。人们来到这里，放下世俗事，捧起虔诚心，走上山野间风景绝美的菩提路。

2014年10月，五台山光影里自有佛韵悠然　摄影：李莹

二　从乔家大院看乔氏成功路

"晋出钱粮",晋商与徽商并称天下,而祁县乔家是晋商的代表。五台之行,我一路看着《乔家大院》,走进了真正的乔家大院。

一位成功者,无论是为人处世还是治家治国,总会有自己独特的风格。换言之,从一个人的家中也可以看出他的人生哲学。乔家大院——一座古朴庄严的老宅,就正在向我们讲述着乔家,一个靠几代人的努力完成"汇通天下"的大家族的人生哲学。

乔家大院的正门入口处有一幅刻在墙上的楹联,相传是乔致庸亲手题写的乔氏家规。苍劲有力的朱红正楷深入墙壁一寸,粗而刚劲。虽然我这个门外汉实在看不懂内里到底写出了什么

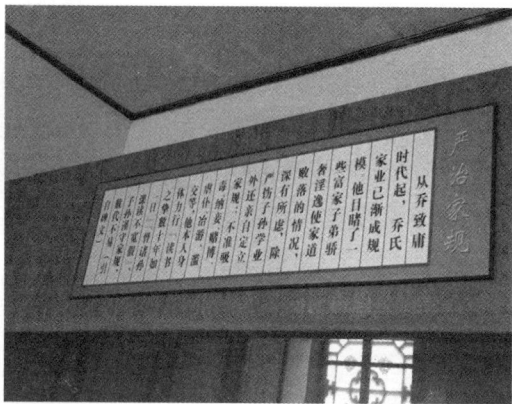

2014 年 10 月,我用镜头记录"乔氏家规"

道道儿,但绝对可以感觉到一股刚劲有力的磅礴气势扑面而来,使得没有任何人会在心中存有一丝反抗这家规的心思。的确,家规对乔家子弟要求极为严格:每位乔家男子都必须是"四不"男儿,即:不抽、不赌、不喝、不嫖,否则就要用家法进行"棍棒教育"。可以想象,正是无数乔氏子弟按此家规自强不息的奋斗,才使乔家拥有了"汇通天下"的强大能量。

入了大门往里走,是各家子孙住的小院。在每一间小院的入口处总有一间屋子是为乔家的佣嫂们准备的。屋内整洁干净,床褥桌椅俱备,俨然是当时较为高档的佣嫂居所。乔家从不使用丫鬟,只聘用乡邻 40 岁以上的妇人,且优先任用生活贫苦的寡妇,称为"X嫂"。一经任用,妇人们无论在乔家承担什么工作,都会受到乔家人的尊重,收入也较高。因此佣人们对乔家忠心耿耿,乔家也在乡里乡外得了个好名声。乔家男人在商海中拼杀,自然也少了后顾之忧。

乔家不光对佣嫂好,对部下也是极好的。乔家选任部下,总是在任用前观察一阵子,观察时"首重品德,再看能力",而一观察往往就要三五年。但凡通过考核者,乔家人都会委以重任,并用之不疑。这使得很多掌柜倾其一生为乔家出力。对这些人,乔家给予他们股份以资其养老。乔家大院与人为善的风格让绝大多数部属员工都愿为其终生效力。

乔家很看重对子弟的教育。在乔家大院中,有一套专门的小院供老师们居住和授课,周围竹树环合,更有小溪流水,室内整洁干净,几排桌椅还配有纸砚毛笔,观其有高等学府的韵味。乔家所有人对老师都很是敬重。相传,乔家第一代掌门人就因走西口搞"物流"时不识字而吃过大亏,所以乔家大院建院之初也就有了这套小院。起初居住在内的只有私塾先生,后来算术、外语等各类老师也加了进来,小院也不断扩建。乔家的男童 5 岁就要开始学习语文、数学、外语等学科,且要求极为严格,以至于从这间中式小院中走出了三四位留洋博士,乔家的第五代掌门人——乔致庸的长孙,就是其中之一。

出了乔家大院的后门复又转回前来,我走过的是一个大院,是一段历史,也是乔家百年积累的人生哲学。在当时,自律自强、任人唯贤、尊师重教的大家族应当是凤毛麟角的吧。子子孙孙都成为自强不息、与人为善、尊师重教的人,"汇通天下"做得,做别的事又焉有不成之理?

2014年10月,我拍下古朴的乔家大院和家学相传的门牌匾额

沪上名城：品味上海滩

一 美味的灌汤蟹黄包

蟹黄包本是上海的一种特色小吃,加上"灌汤"二字着实令人垂涎三尺。在南京路上行走,不多时就会闻到远方飘来的包子香,这香气"逼迫"着你的胃督促着你走过去。

散发出香味的是一约有小盘那么大的包子,包皮极薄,包内蟹黄汤汁荡漾清楚可见。上菜的服务员端着包子上来时,我远远地就看到那满满都是汤水的包子随着人的步子一步一颤,里面的汤水左右摇晃。每晃一下都会携来一股浓浓的香味,那是纯粹的蟹黄的香味。

吃包子也是有讲究的,要先把包子皮挑开,吸走汤汁再吃。汤汁是整个包子的精华,自然不敢也不愿意有丝毫浪费。吃的时候,小心翼翼地用牙签选一个小点,一下一下地扎开,在汤马上就要溢出时赶快用嘴接住。汤水烫

2015 年 8 月,在南京路的老店里,我用手机给蟹黄包留影

得我龇牙咧嘴也不松口,大口地全部吸干了才罢休。后来吹着烫得通红的舌头和嘴唇,还不停地问:"能不能再来一个啊?"

二　潇洒的"老克腊"

他吹萨克斯,在南京路上被团团围住。挤进人群中看,发现他是一个潇洒的老汉,西装短裤配小方格的领结,身后摆着三把萨克斯和放音乐的音响。

老汉颇有气场,一挥手全场便安静了下来。听着他吹的颇有老上海韵味的乐曲《小冤家》,所有人随之拍手,不少人伴之起舞。老汉全身都是音乐!乐声轻时躬身后缩,乐声强时身体随着鼓点节拍跃起,吹到尽兴处忘形,每吹出一个高音,头就会连同萨克斯一同甩起,好像是要用大力把高音甩到天上去。

2015 年 8 月在南京路上,我用手机拍下演奏投入的"老克腊"

曲终,人们无不拍手、呐喊、叫好,却未见老汉面前摆了什么收钱的帽子。他是上海特有的"老克腊",生活讲究自在,在此演奏就是兴趣。他以那一份潇洒感动着我:不求大富大贵,活得潇洒自在足矣!

三　设计合理的上海地铁一角

上海是座神奇的城市,其规模和北京相当却没怎么遇上拥堵,着实令我这个在青岛都充分"享受"过堵车的人费解。今天留心观察上海地铁站才恍然大悟。

我们来上海玩完全不熟悉路,一直靠各种路牌指路觉得相当正常,但现在想想这是上海维护交通秩序的一种重要方法。上海的路牌很多,不管是在地铁里还是在马路上,你总可以在任何需要的时刻在最显眼的地方发现它们。

路牌颜色各异,红、黄、蓝、绿,每一色都代表不同的地铁路线,相当直观明了。天花板上有吊起来的牌子指路,墙上有左右双向贴着的指示牌,脚下也有箭头告诉你该在哪个路口转向。于是我们停下来,饶有兴趣地进行统计。我们决定按照正常人平时走路的速度随意行走,看看在 30 秒内可以看到多少路牌。结果实际上没有办法统计——放眼望去全是! 站在原地没有动,30 秒竟数到了 20 多个!

由此感悟:上海市这么多的指示路牌让所有的道路无比清晰,所有人,包括完全没有上海市方位感的我们,都可以不必驻足、思考、询问,而能直接找到方向。没有了个人的停步,人流也就顺畅起来,整个地上地下的交通就虽然行人密集但不会出现不畅和堵塞。

具有人文味道的城市管理,就是让你在想去哪里的时候就看到了标着它名称的方向,让你在需要选择路口的时候就发现了指示它方位的箭头,让你在琢磨坐哪趟地铁的时候就读到了写着终点站和下一站站名的站牌……

细节就在那里,方便就在那里,城市的井然有序也就在了那里。我喜欢起上海来。

看家乡：海趣岛国

一　秋日乐游八大关

若说到青岛，就不得不说八大关。

八大关由 10 条幽静的马路勾连着，由几十座欧式别墅点缀着，岸上红瓦绿树，水边碧海蓝天，是最能体现青岛"东方瑞士"特点的风景区。对一个在青岛前海沿儿长大的小孩子来说，八大关是抬脚就奔的海滨乐园。

夏天的记忆都被泡在大海里的海蓝蓝填满了，细想起来，八大关最丰富鲜活地被看在眼里、记在心里的，倒是秋天。

时光如流，暑热褪去。秋，弹着古色古香的木琴向我们走来，迈过碧蓝的大海，用

八大关的秋　摄影：潘峰

美妙的琴声卷起一丝仙尘,洒向翠绿。八大关的小树林已经被10条马路做好了"格式化"。韶关路全植碧桃,已经开过了春季红花;正阳关路遍种紫薇,也已走过夏日盛开;居庸关路是五角枫,正金黄,要枫红;紫荆关路两侧是成排的雪松,四季常青,朴素安静。颜色层层叠叠的,八大关启动了最美的风景模式。

秋游注定是要启动了。秋风赶趟儿,顽皮地拨动了她的琴弦,引来了我们的笑脸。笑脸吹落了树叶,脱离母体的它们发出"沙沙"的抱怨,落入水中,成了一叶小舟,在八大关小湖墨绿色的湖水中随风飘荡。我们把它轻轻捡起,仔细地夹入书本中,永远地珍藏。

八大关的秋　摄影:潘峰

呀!远处的树枝上发现了一只晶莹透亮的蝉蜕。晒得黢黑的海滨小子们兴奋极了,争先恐后地捡起地上的一根根木棒,往上敲。那些晚来的孩子捡不着棒了,索性便开始抢其他孩子的。他们躲在那些孩子的后面,待有棒的孩子举起棒敲蝉蜕的时候,就一跃而起,以迅雷不及掩耳之势夺棒便走;或是躲在大树后,等有棒的孩子打下蝉蜕的时候，突然窜出去抢。被抢走棒和被抢走蝉蜕的孩子连声大叫："赖皮！赖皮！"孩子们在草地上打成一片。八大关的草地多厚啊，像地毯，又多了秋草的暖香，就翻滚吧！大多，到最后谁也没有抢到蝉蜕，倒是碾碎了许多。

林荫丛中，一只淘气的喜鹊在树影下来回穿梭、盘旋。

八大关的秋，仿佛在跟踪我们，随着转角，种满不同树木的道路展现不同的风情，加上宽阔和安静的马路，沿途十分欢乐。

在林中奔走的我们，来到了八大关的海边。天的高远，海的蓝，白云的干净，早都熟悉得看不见了。还没等老师一声令下，就立刻冲到了海前，捧起一捧细沙，静静地欣赏。

男生和女生一起做起沙雕。几个胖男生一组，在烈日下撅起屁股，一点点地把沙子堆得越来越高，同时脸上也布满汗珠。他们直起身来看了看自己的作品，又互相对视了一下，然后挽起裤脚，露出胖胖的脚丫，"噼噼啪啪"踩向高高的土包山，不一会儿，原本高高耸立的山就被踏平了。他们爽朗的笑声响彻云霄。

临走的时候，我见到了一块乳白色的石头。它滑溜溜的，形状怪异，挺起的石锋像一把弯弯的尖刀。这应该是大海对我们的馈赠吧，要不然它怎么像沙滩一样洁白，像大海一样纯净呢？

我们悄悄地来，悄悄地去，不带走一片云朵，却捧起一捧秋天，装在杯子里、书包里，细细地珍藏和品味。

二　泛舟奥帆基地

迎着清晨徐徐的微风，迈着轻快的脚步，漫步在古老的木栈道上，听着奥帆中心那早已熟悉的喧闹声，看着日边的一片片白帆，套用灰太狼的一句名言,我真想大喊一声:"我又回来啦!"

这是我第二次参加暑期的帆船活动,海风告诉我,尘封的帆船正期待着再次远航。

远处的帆船正在清晨的一缕阳光下扬帆起航。久违的船帆向我招手,见我不理它,便俏皮地鼓起了"脸",昂起了"头",转瞬之间生气地"走"掉了。等回过神来,我才发现船已驶出了港口。我在海边捡起一只贝壳,扔向接天的大海……

"嘿!看着,下海的时候一定要一手扶舵,一手拿缭绳,坐在船舷上!"听着教练出征前的叮嘱,大家一个个跃跃欲试,我也一样,再次期待着扬起那片白帆。

闻着那熟悉的救生衣的气味,我一屁股坐在船上,安上舵和挽向板,双手紧紧握住舵和缭绳,一阵大风把我带进记忆中的海湾。

出海可谓一帆风顺。因为顺风,船走得特别快。但一阵狂风刮得我晕头转向,远处,五四广场的红色雕塑"五月的风"像陀螺一样快速地旋转着。我可没见过这等气势,慌忙之中乱了阵脚。幸亏旁边的船及时相救,碰了我一下,要不然就翻船了。

回来时是逆风,我费了九牛二虎之力才把船驶到港口前,突然来了一阵风,船偏离了靠岸的方向。还没等调正方向,又来了一阵狂风,这下可好,船翻了!

虽然是第一次翻船,但我不紧张。

水不深,刚没到我的胸脯。我先来了一个"霸王举鼎",用挽向板把船正过来,紧接着来了一个"凌波微步",拖着船来到了岸边。

时近晌午,奔放的阳光洒在海面上,水中嬉戏的鱼儿一边透过镜子般的水面望着我们,一边悄悄地听着海浪诉说着我们的故事。一阵雾过后,天空中划出了一道艳丽的彩虹。蒸腾的水汽在其中又形成了一道小彩虹,在天空中的彩虹仿佛发现了她,想跟她比比美。在大彩虹面前小彩虹显得微不足道,她无地自容,只好越来越淡,越来越淡,最后消失在了雾水中……

三　浮山湾帆船赛

远离情人坝,驶入浮山湾,透过淡淡的云朵,看到碧波万顷的海像锦缎似的在微风中抖动,一群群海鸥贴着海面盘旋飞翔。这里,那里,搅起一团团白色的浪花。一排排浪花冲向岸边,向着我们欢笑。浪涛拍打着栈道,放眼望去,水天一色,无边无际。

在微风中,在阳光下,我与好朋友们开展了一场帆船赛。

"冲啊!"大家的帆船一起入水,领头的是"011号"和"110号",我的船和"013号"紧随其后。有前面的船开辟水道,我们就可以放

大海、帆船和我　摄影:潘峰

心加速行驶了。眼看快追上前面的船了,我却悄悄地放慢了速度,紧紧地跟住前面的船。最终我的船成了第一!

开始返航了。就在领头船快要冲上港口的一瞬间,我利用一个较大的浪头,让船腾空了一下,借助船体下落的冲力和风的力量,加快了前行的速度。紧接着,又一个浪头,又一个完美的压舷!我以最快的速度向前推进。又一阵大风,一个浪头,我一侧身,一拉舵,又一个完美的随风逐浪。我驾驭着一个个浪头,湍急的水流像尾巴一样在船尾不停地摆动着。我渐渐地超过了领头船。

暮色如火,夕阳如炬,满天红云,一望金波。红日像一股沸腾的钢水,热量和霞光从它的中心喷薄出来,光亮耀眼。它像一个硕大的滚动着的火球,在半空中慢慢地踱着,仿佛不忍离去。但最终,它闪着火光落进了大海,留下的光依然红得耀眼,光彩夺目……

四　拉网海战

天气真好!风轻轻地吹着,温暖的阳光洒在海面上,翻起一圈圈金色的涟漪。

我和伙伴们一起驶向海湾中央,准备玩一项海上游戏。经过层层筛选,我们从许多游戏中选出了一个游戏——捉鱼。

8个人分为2组:3条"鱼",5张"网"。"鱼"就是我们这些海水里泡大的"浪里白条";"网"是要把船头绳连在一起,发挥出团结的力量。当"网"把"鱼"包上时,"鱼"就被抓住了。"鱼"要破坏"网"之间的连接处,而且不能让"网"包住。我和2个同学是"鱼",另外5个同学是"网"。

三、二、一,开始!

现在"网"们正在系船头绳，这给了我们充足的时间。我们3条"鱼"开始部署战斗计划。通过讨论，我们决定横向列阵，1号船在左，2号船居中，我是3号船，在右，呈掎角之势夹攻。

我们刚刚布好阵，"网"就扑了过来。也真巧，正好从"网"的方向来了一阵风。这下可好，不仅"网"的速度加快了。我们的阵地也让这阵风吹乱了。唉，聪明反被聪明误呀！"网"借助风的力量和水的力量很快包围了2号船。

中场休息！

正当我自责的时候，"把耳朵伸过来。"1号船的同学对我说。"嘻嘻，哈！"听了他的建议，我立刻喜笑颜开，好戏开始了！

我在青岛市青少年帆船运动基地　摄影：潘峰

随着一阵呐喊声，我和1号船使出了"苹果菠萝派"的必杀技。我和1号船从两面相对"杀"来。冲力、风力和水力使我们瞬间加速。就在撞上"网"的一瞬间，我们开始转向，把"网"包围了。"鱼"

为什么要围"网"呢？这叫反包围，是使处于劣势的我们不被包围，不被一一吞掉的唯一办法。

突然，我找到了突破口。我屏住呼吸，对准了突破口，大胆地冲了过去，只听见"咚"的一声，哈哈，"网"被撕破了！

在青岛的大海里，好玩的游戏玩也玩不尽。

云轻轻地飘过来，海一点点地荡漾，这就是我的家乡——青岛。深呼吸大海的味道，肺里满满的满足，什么都不想，就惬意万分。

五　关于青岛浒苔治理利用情况的调查报告

一、导言

"红瓦绿树，碧海蓝天"是青岛的景观名片，从小生长在海边的我每每以此为傲。可是，近几年青岛的大海每到夏天就会长满浒苔，火车站旁原来清澈碧蓝的青岛湾几乎变成了一望无际的"草原"。身为青岛人，我不由得充满疑惑和反思：

浒苔是什么？

浒苔为什么频频来到美丽的青岛海域？

浒苔有什么危害，是否有可利用的价值？

我们能做点什么？该如何把浒苔清理出去或者利用起来？

作为一个土生土长的青岛少年，我决定认真研究和了解一下浒苔的这点事儿。

二、研究背景

现象

从 2007 年起,每年夏天浒苔都会在青岛海岸各海域生长,甚至形成了"大草原"的景象。"来青岛看草原"一度成了网络流行语,影响了青岛的城市形象。

应对状况

1. 有关部门年年组织机关、学校、社会团体"打浒"。

2. 有的青岛居民和游客仍然向海里扔垃圾,有的企业仍然向海里排污水,加大了治理浒苔的难度。

3. 关于保护环境治理浒苔的一系列讨论开始在互联网等媒体上出现,治理浒苔、保护海洋生态环境逐渐成了一个社会性问题。

三、研究目的

1. 比较全面、客观、科学地认识浒苔现象;通过综合实践活动把正确的认识传播出去,向身边的市民和游客宣传浒苔的生长环境、危害、价值和利用方法。

2. 研究和探索浒苔治理办法;通过综合实践活动培养自己变废为宝的眼光和头脑,学习多角度、全方位地看待事物。

3. 以对浒苔的研究为契机,发起从我做起的"点滴言行,爱海护海"行动,推动居民树立保护海洋的意识,从生活点滴做起承诺"两不一能":不向海里丢垃圾,不排放污水,看到他人破坏海洋环境的行为能够自觉制止,努力践行人与自然和谐相处的环保理念。

四、研究方法

文献资料法、社会调查法、问卷调查法、数据统计法、归纳分析法。

五、研究过程

(一)文献查阅

1.关于"是什么"的研究——浒苔是什么?

(1)浒苔是一种大型的海洋绿藻,民间俗称海菜、海藻。

它的藻体呈鲜绿色或墨绿色,是由单层细胞组成的中空管状体,属于绿藻门、绿藻纲、石莼目、石莼科。

浒苔藻体高可达 1~2m,管状扁压,分枝多,主枝明显,分枝细长[*]

(2)浒苔的繁殖。

浒苔的繁殖能力特别强,浒苔的生活史属于典型的同形世代交替:由配子体(n)和孢子体($2n$)构成。在孢子形成过程中发生减数分裂。除了固着器细胞及基部细胞外,其他细胞都能繁殖。它可以:

①营养繁殖:由破碎的藻体或由基部直接产生新直立藻体的生长。

②无性繁殖:产生四条鞭毛的游孢子。

③有性繁殖:产生两条鞭毛的配子,配子还能进行单性生殖。

---

[*] 图片、表格摘自《青岛市浒苔治理白皮书》,下同。

浒苔繁殖能力强，可以营养繁殖、无性繁殖、有性繁殖等*

（3）浒苔的分布。

浒苔分布于世界海洋、河口以及海陆结合部的咸淡水交汇处。一般情况下，"多生于高、中潮带岩石或石沼中，全年均有生长"[1]，附着于固体基质上或在泥沙平地上，也能漂浮生长。

"在我国，浒苔主要分布于渤海、黄海、东海和南海海域沿岸。"[2]

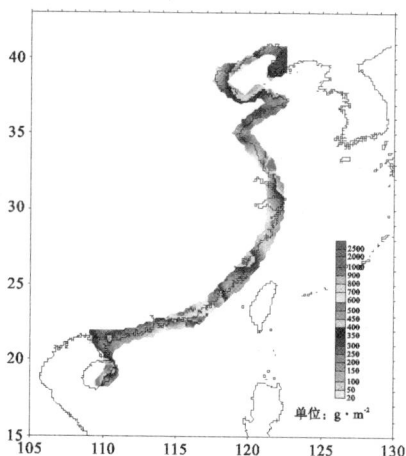

我国沿海绿潮生物量分布示意图*

2.关于"为什么"的研究——浒苔为什么频频来到美丽的青岛海域？

大型海洋绿藻大量增殖的现象称为"绿潮"。"自 2007 年以来，我国黄海北部和中部连续多年发生了由浒苔大量漂浮聚集发生的绿潮"[③]。通过请教海洋研究所的叔叔们，我了解到：国内外学者早就进行了很多关于浒苔繁殖扩张的研究，比如通过对黄海近岸以及近海的连续多点的野外调查、船只调查，发现浒苔不属于山东省近海和近岸的绿藻优势种类，虽然 2008 年青岛出现了百万吨级的浒苔生物量，但是连续 8 年来光临青岛的浒苔灾害均为"异源输入型"灾害。

经过比较和归纳，我发现原因指向了以下三点：

(1)青岛的海洋地理环境适合浒苔附着。

浒苔固着生长需要礁岩、沙砾等不易被海流、潮汐等海水运动迁移和冲刷掉的基质。

"青岛海域是黄海积岩海岸的主要分布区域，而连云港以南海域主要为泥沙底质，相比之下，青岛海域更有利于漂浮而来的浒苔附着生长。"

随着现代渔业生产活动的变化，"青岛周边的海水养殖池塘和近海筏式养殖中贝类等动物外壳，以及养殖设施构件，也为浒苔提供了可以利用的附着基"[④]。

青岛的海洋环境为浒苔大面积生长提供了附着基*

(2)青岛的海洋性气候适合浒苔生长。

青岛沿海每年6~7月都会出现因气候环境变化导致浒苔漂浮后受风浪作用聚集在青岛周边潮间带的现象。

一方面,青岛春夏两季的温度和光照很适合浒苔生长。"3月到6月,青岛海域的海水盐度7.5~50、温度10℃~30℃、pH值6~10,北半球高温和强光为绿潮生物的光合作用和营养繁殖提供了必要的生态条件。"⑤

另一方面,"青岛海域大陆架平缓,洋流和波浪微弱,在风场、流场作用下,浒苔在长时间漂浮状态下连续增殖,大规模聚集并在大范围内漂移。"⑥

(3)青岛的渔业活动频繁,造成的海水富营养化,就像给浒苔生长提供了营养液。

青岛生产活动发达,由于工业、农业迅速发展,同时沿海城市居民不断增多,导致了青岛近海海水的富营养化。如:

①在水产养殖过程中大量使用有机和无机肥料,养殖废水直接被排放到了潮间带;

②来自农业的硝酸盐类以及城市排放的可分解成氨的有机物质排入大海;

③青岛沿岸多河,随着季节性降雨,淡水将大量营养盐带入到近海海水中。

如此一来,青岛海域海水含有充足的氮元素和磷元素,就像给浒苔生长提供了营养液。

(二)社会调查

1.浒苔有什么危害?

完成网络和文献资料的调查了解后,我进行了实地调研,看到大面积的浒苔爆发已经产生了许多不良影响。这可以概括为:

(1)社会性破坏:破坏景观。

青岛是一个沿海旅游城市,美好的温带海洋景观每年为青岛吸引来数以万计的游客。但是,浒苔爆发会严重影响青岛的城市景观。

汇泉湾第一海水浴场被浒苔"攻占"

①浒苔在潮汐和风的作用下大面积聚集在海湾、海岸带,会造成视觉影响;

②如不能及时清理,浒苔容易腐烂变质,并产生臭味,影响游客游泳和游览;

③浒苔覆盖海面,干扰旅游观光和水上运动。

(2)生物性破坏:破坏环境。

浒苔的过量繁殖会破坏海洋生态环境,影响青岛的蓝色经济发展。大量繁殖的浒苔能遮蔽阳光,影响海底藻类的生长;死亡的浒苔也会消耗海水中的氧气;还有研究表明,浒苔分泌的化学物质很可能还会对其他海洋生物造成不利影响。

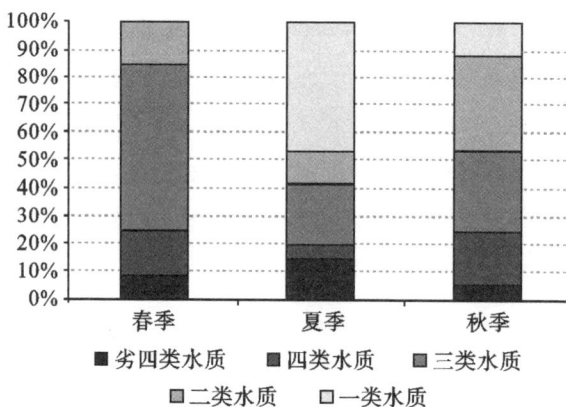

100%
90%
80%
70%
60%
50%
40%
30%
20%
10%
0%

春季　　　　夏季　　　　秋季

■劣四类水质　■四类水质　■三类水质
■二类水质　□一类水质

2010年胶州湾水质等级*

2.浒苔有什么可利用的价值？

（1）浒苔自古以来即为食用和药用藻类。

《本草纲目》记载：浒苔可"烧末吹鼻，止衄血。汤浸，捣敷手背肿痛"。据研究，浒苔含铁量在我国常见食物中是最高。浙江宁波民间长期有加工浒苔为"苔条"的食俗，日本也有将浒苔作为调味蔬菜的习俗。

附：浒苔的成分分析

①基本营养成分。浒苔中"粗蛋白含量为10.74％，脂肪含量普遍较低，仅为0.37％，与常用食用海藻相比（见表1），其蛋白含量、脂肪含量，高于海带而低于紫菜，尤其高于一般陆地蔬菜"。"浒苔具有和其他海藻相同水平的粗纤维含量，可作为很好的膳食纤维源，为人体提供这一必需的营养素。"⑦

表1 浒苔基本营养成分分析(以干重计)*

营养成分	蛋白(%)	脂肪(%)	粗纤维(%)	灰分(%)
浒苔	10.74	0.37	7.63	26.87
海带	8.7	0.2	11.8	20.0
紫菜	43.6	2.1	2.0	7.8
羊栖菜	12.3	1.5	10.6	21.2
裙带菜	17.2	3.7	3.1	35.4

②矿物元素。浒苔的"矿物元素含量普遍较高。镁是维持机体正常所必需的元素之一,也是很多生化代谢过程中一个必不可少的元素;铁是人体重要的必需矿物元素,对细胞的营养和代谢非常重要;锌的缺乏也会引起多方面机能障碍"[8]。因此,浒苔高含量的矿物元素可以满足人体的正常营养需求。

表2 浒苔主要矿物元素分析(以干重计)*

矿物元素	磷	钙	铜	铁	锰	锌	镁	钾	钠
含量(mg/g)	0.56	12.07	0.016	0.26	0.014	0.016	13.34	43.04	59.50

(2)浒苔也可作为畜禽和水产饲料。

浒苔中"蛋白质、钾、镁、钙的含量较高,用于畜禽和水产饲料以及绿肥,也有较高价值"[9]。

3. 青岛开展了哪些"打浒""用浒"举措?

(1)海外"打浒"。

围捞并举,海上围歼。青岛市在50平方千米的奥帆赛场外围,分别设置了2.5万米围油栏和3万米固定围网,形成两道阻截浒苔的防线。

驳船清运*

拖网船拖扫*

"北海舰队试验泥驳船舱结合离心式水泵新技术,青岛警备区采用登陆艇螺旋吸泵把含水浒苔分离排海办法"⑩,浒苔打捞效率得到提高,环卫部门组织海上拖网船定期拖扫,进行机械化、大规模打捞。

(2)沿岸控浒。

八大峡广场上建起了浒苔专门处置区域*

有关部门还出动城市管理人员、保洁人员,安排专业的车辆进行浒苔打捞运输;组织青岛的机关、学校和市民志愿者们,开辟了专门的浒苔运输专用通道,清理打捞浒苔。

(3)转化利用。

目前为止,青岛对于漂浮浒苔的利用,主要的领域包括食品、绿肥、畜禽饲料、海参饲料、生物乙醇、藻类纺织化纤生产等。

齐心合力集体"打浒"*

其中比较具有代表性的是中国海洋大学生物工程开发有限公司制作的绿肥。绿肥研发人员在浒苔中加入高效发酵微生物菌种、适量的氮源和微量元素(接种量 5%),进行厌氧发酵,研制出了浒苔粉状海藻肥、浒苔海藻有机肥、浒苔生物菌肥、浒苔花卉肥料等,远销意大利、马来西亚、德国等 10 多个国家。

六、我的建议和行动

归纳起来,根据 2 个月的实地考察、请教专家和上网学习,我从一个青岛小市民的角度,提出如下建议,并开展了如下力所能及的行动。

(一)向青岛市政府提出三项建议

1. 正确认识浒苔"袭青"现象。

地球是一个生态系统,浒苔爆发提示我们青岛的生产、生活活动已经影响了浒苔这一生物类群的生长繁殖活动。绿潮来袭是我们不能够充分认识海洋、与海洋和平相处的结果。

对此，我们既不必恐慌，也不能无所作为。人类的活动破坏了自然的平衡，为保护环境，恢复这种平衡，人类就应该修正自己的活动。在这个过程中，我们还可以积极作为，变废为宝，甚至依托浒苔发展海洋产业。

2. 积极和有针对性地对广大市民宣传推广相关知识。

通过这次研究性学习，我发现青岛有中国海洋大学、中科院海洋研究所等专门的海洋研究机构；还有青岛农业大学、青岛市畜牧兽医研究所等内设了海洋研究部门的科研机构，那里的海洋科学工作者已经做了大量的有效研究。可是普通市民对此的了解却十分有限，对美丽的青岛海域的了解也十分表面化。

我想，应该让更多的青岛市民、青岛市中小学生了解、观摩、学习他们的研究成果，让更多的大学生投身到研究青岛海域的海洋环境中去，让更多企业家关注海洋研究成果的产品化生产。

3. 控制我们生产和生活废水的排放。

全世界的经济正高速发展，这同时，也对环境造成了破坏和伤害。好在人类有认识和规划自己行为的能力。针对浒苔现象，我们需要控制日常生产和生活废水的排放，避免近海营养成分超标。

要控制和消除海洋污染源，加强对岛城工业"三废"的治理；合理使用农业化肥和农药；在开展渔业活动时回收可利用资源，减轻污染；各项生产活动产生的废水必须达到国家排放标准。当下我们需要应对的是浒苔问题，若不警醒，将来又会出现新的问题和矛盾。源头治理和发展生产必须同步进行。

（二）从我做起，戒等戒靠，有所作为

少年强则中国强，少年努力则中国立变。知易行难，所以我们青少年有所知后,更有价值的是要有所行动。也许我们的行动不会立竿见影,但动起来就会影响到身边的人一起改善。为此,我采取了以下行动:

1.做问卷,了解人们对浒苔的认识情况。(我设计的调查问卷,见附1)

我设计了含5个问题的调查问卷,以50名同学和小区居民为对象,发放了调查问卷。问题及统计结果分析如下。

问题一:您知道青岛有浒苔吗?

结果:调查50人。50人全部知道青岛有浒苔。

结果分析:青岛市民对于浒苔来袭,已经有普遍认识。

问题二:您知道浒苔有什么危害?(可以多选)

结果:调查50人。50人知道浒苔会影响青岛景观,8人知道浒苔会抢夺海水的溶解氧,50人知道浒苔会影响青岛的渔业资源和水产养殖,还有23人列出了其他危害,比如游泳时会感觉很脏;开水上摩托会缠住马达;游客会觉得反正大海不干净,更容易放纵自己往海里扔矿泉水瓶等垃圾,等等。

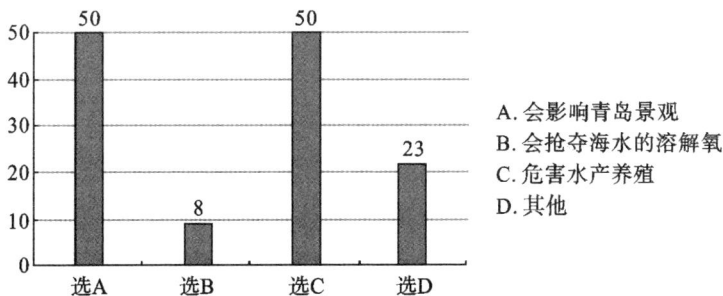

A.会影响青岛景观
B.会抢夺海水的溶解氧
C.危害水产养殖
D.其他

问题二统计结果图

结果分析:青岛人对浒苔的危害认识比较全面、深入。

问题三:您知道每年会有哪些人参与"打浒"?(可以多选)

结果:调查50人。50人知道市民和社会团体会参与"打浒",45人知道城市管理相关的机关和单位会参与"打浒",28人知道驻青部队会参与"打浒",另有4人不知道有什么组织或单位会参与"打浒"。

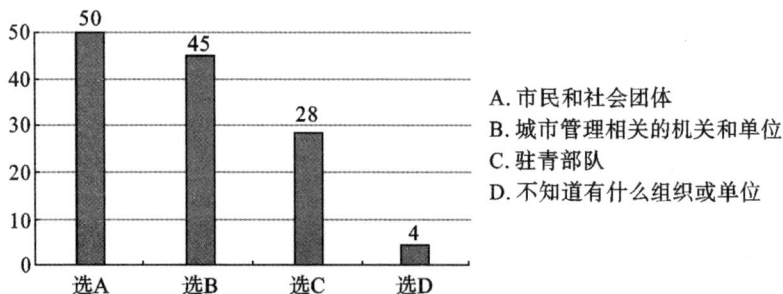

A.市民和社会团体
B.城市管理相关的机关和单位
C.驻青部队
D.不知道有什么组织或单位

问题三统计结果图

结果分析:青岛人虽然了解市民参加了"打浒"行动,但还有人不清楚有什么团体会组织或者参与"打浒"。

问题四:你所在的学校、社区是否会定期宣传或讲授有关防治浒苔和保护海洋的知识?

结果:调查50人。25人为学生,都表示学校定期会讲授海洋知识,设立海洋课;25人为社区居民,均表示没有听说社区组织保护海洋的宣传活动。

□A学生25人(是)
■B社区居民25人(否)

问题四统计结果图

结果分析:防治浒苔的讲授、宣传在学校的普及率高,但基本没有在社会上进行深入广泛的宣传。

问题五:如果请您利用个人休息时间参加"打浒"行动或宣传活动,你可以抽出多少时间参与?

结果:调查50人。38人选择集中半天,8人选择集中1天,0人选择每天,4人选择有时间再说。

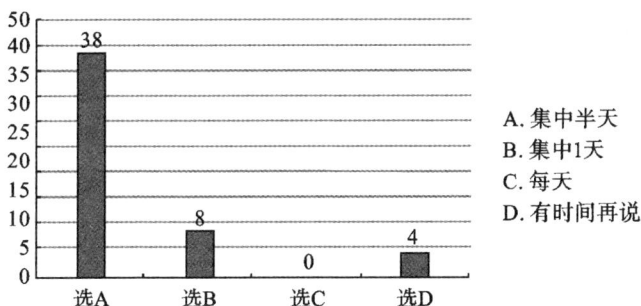

A.集中半天
B.集中1天
C.每天
D.有时间再说

问题五统计结果图

结果分析:绝大多数青岛市民愿意投入一定的时间和精力保护海洋,参加"打浒"行动或宣传活动。

没有人选择"每天"这个选项,可能是我设计问卷时考虑不周到,没有把"随时随地都可以宣传"这个意思表达出来,使调查对象普遍误认为需要"每天去参加清理浒苔的行动"。这提醒我,虽然是简单的问卷,也要精心进行设计。

2.做宣传,和学校的同伴一起开展"点滴言行,爱海护海"的行动。(我设计的活动倡议书,见附2)

根据调查问卷了解到的情况,我觉得向市民,特别是社区居民宣传"打浒"是适合我采取的行动。我设计了简单明了的倡议书,分别于 2015 年 5 月 29 日(周五)、6 月 6 日(周六)做了宣传活动。

5 月 29 日(周五)放学后,我组织青岛七中学生会的 15 位同学开展"雏鹰小队"活动。同学们佩戴青岛七中的绶带,到栈桥、中山路一线发放"点滴言行,爱海护海"活动倡议书 300 份,向市民和游客讲解浒苔袭青的有关情况,介绍我前期查阅资料和实地调查了解到的浒苔知识和我们青岛市为"打浒"付出的努力。这一行动得到市民和游客的大力支持。活动进行的一小时内,没有一位市民或者游客拒绝我们的倡议书,大家纷纷表示支持。同学们也十分投入,感到自己做了一件有意义的事。倡议活动结束后,我们一起制作了活动手抄报,在青岛七中校园内进行二次宣传。

6 月 6 日(周六),我再次走进我家周边的社区,向社区内的商店、摊位发出倡议,逐一讲解交流,得到叔叔、阿姨的理解和支持。

我们在栈桥向人们发放保护海洋的倡议书

人们正在看倡议书

2015 年 6 月，我给叔叔、阿姨仔细讲解浒苔的相关知识

2015 年 6 月，活动参加人员在栈桥合影

附1：

关于浒苔问题的调查问卷

设计人：殷子豪

调查目的：了解人们对浒苔的认识情况。

调查对象：25位学生、25位社区居民。　　　　数量：50人

1. 您知道青岛有浒苔吗？

　A. 知道　　　　　　　B. 不知道

2. 您知道浒苔有什么危害？（可以多选）

　A. 会影响青岛景观　　　B. 会抢夺海水的溶解氧

　C. 危害水产养殖　　　　D. 其他（　　　　　）

3. 您知道每年会有哪些人参与"打浒"？（可以多选）

　A. 市民和社会团体　　　B. 城市管理相关的机关和单位

　C. 驻青部队　　　　　　D. 不知道有什么组织或单位

4. 您所在的学校、社区是否会定期宣传或讲授有关防治浒苔和保护海洋的知识？

　学　　生：A. 是　　　B. 否　　　形式（　　　　　）

　社区居民：A. 是　　　B. 否　　　形式（　　　　　）

5. 如果请您利用个人休息时间参加"打浒"行动或宣传活动，你可以拿出多少时间参与？

　A. 集中半天　　B. 集中1天　　C. 每天　　D. 有时间再说

附2：

"点滴言行，爱海护海"行动
倡议书

"红瓦绿树，碧海蓝天"是青岛引以为傲的景观名片，美丽的海洋环境需要你我他的共同维护。浒苔泛滥带来的海洋破坏，曾让很多青岛市民受到震撼和触动。我倡议，作为青岛市民，引以为鉴，不等不靠，从点滴言行开始，为爱护我们的海洋付出真诚的行动！

1. 向你身边的家人、朋友、来青游客讲讲浒苔的故事，帮助更多的人听到大海向人类发出的呼声，树立保护海洋的意识。

2. 从生活点滴做起，承诺践行"两不一能"：

· 不向海里丢弃垃圾

· 不向大海排放污水

· 看到他人破坏海洋环境的行为能够自觉制止

积跬步，至千里。旅游季节已来临，我们的大海又将敞开胸怀，替我们热情的青岛招待四海来游的亲朋，让我们一起努力，也为保护我们的海洋母亲出一份力吧！

2015 年 6 月

参考文献

［1］文字①～⑩摘自《青岛市浒苔治理白皮书》。

［2］《关于黄海中部海域漂浮浒苔及时反馈信息的报告》，青岛市海洋与渔业局 2008。

［3］《青岛市海洋大型藻类灾害应急处置工作预案》。

［4］《青岛市浒苔治理白皮书》。

［5］http：//www. sohu. com/搜狐网。

［6］http：//www. baidu. com/百度网。

［7］http：//news. 163. com/网易。

［8］http：//baike. baidu. comview468403. htm 百度百科。

［9］http：//qdsq. qingdao. gov. cn/n15752132/index. html 青岛市情网。

［10］http：//www. hswh. gov. cn/Index. htm 威海市海洋与渔业信息网。

（家长注：2015 年，学校组织有兴趣的同学进行综合实践学习，并撰写研究性学习报告。我们借着这个机会认真地给子豪讲解了调研报告的调查方法和写作样式，子豪也很认真地套用模板和方法，努力地完成了这份报告，并严格地在文后附上了参考文献。虽然照虎画的是猫，但我们也大大鼓励了一番。浒苔研究是很多海洋学者用心做过或正在做的事，唯恐孩子有遗漏之处，在此对子豪参考到的各种资料的作者再次深深谢过。）

附录·外三篇

少年的自我成长之旅，实际上是在对爱、责任、正义的发现、认知与理解的基础上，幼小的内心日趋完善，逐步成长为一个独立、自信、完满的人的成熟过程。就像浆果一定会饱满，鲜花一定会吐芳，让我们静静期待。

豪妈杂记

情感、态度、价值观
——孩子的个性养成路

我很感谢自己学习教育学、心理学基础理论的大学生活和做过几年教师的工作经历。当成为妈妈时，我发现这些给了我极大的影响。"九五"期间，我跟随中央教科所田慧生副所长在某校进行"活动教学与中小学生素质发展"实验，有两个观念深深植入我心：一个是杜威提出的"教育即生活"以及陶行知先生对应的"生活即教育"大教育理论，再一个是课题组竭力主张和践行的"情感、态度、价值观"培养伴生于甚至优先于知识学习的理念。有了儿子后，我希望在他的生活中，细细密密地渗透进对他情感、态度、价值观的影响，争取帮助他形成尽量健全的个性和良好的个人素养。这些想法无疑比较形而上学，所以我采用了比较家长里短的、家庭妇女的笨办法。

一方面，我窃以为绝大部分教育都离不开"自省"这个基础，而看得到才能反省得到，所以我尝试着尽量有趣地记录下儿子的生活片段，像讲故事一样吸引他看，博取他的关注。另一方面，我和先生认为，要想让儿子的自省能有所悟，还得"在白菜里加一点大虾"，所以我们努力找机会和他聊这些片段，把稍稍理性的观点和看法讲给他,争取对他的思考产生影响。

这样的做法肯定有不尽完美之处,但在这本小册子成型之际,愿附上点滴,供我们自己"回头望"。

趣话

一　叫"人"

儿子2岁,刚刚出语成句。

一天,我们夫妻抱着儿子参加聚会。几个朋友把儿子捧在手心里,像掌上明珠一样互相传递着,嬉笑逗弄。儿子大睁着一双眼睛,明显地"目瞪"而"口呆",看来是"受宠若惊"了。我赶紧打圆场,指着一位女友启发儿子:"叫人,叫人呀!"

儿子看看阿姨,脆生生地一张口,大家全乐翻了。

儿子郑重地叫了这位阿姨一声:

"人!"

二　饭说的话

儿子2岁半,刚上幼儿园。

晚饭过后,儿子腆肚伸颈,打出一个长长的、满足的饱嗝。我臭他:"这是啥子声音奥?"

小子坦然回答:

"饭说的话!"

三　挖个洞洞看美国

儿子4岁1个月。

五一节这一天,天高气爽,大街上游人如织。一早征求儿子的出游意见，儿子说最大的愿望就是去沙滩。打扮停当，全家出发了。儿子执着地把一把小沙铲装进了双肩背包。

沙滩上风筝飞，游人乐，儿子不为所动，扎营之后就面朝沙土背朝天，挖将起来。老公撒开了脚丫儿，手提湿漉漉的海草，赔着笑脸说尽好话，儿子拒不停工下海。老公气急，怒问："你挖什么挖?!"

儿子平静地回答，"你不是说美国在我们脚底下嘛，我挖个洞洞看看美国。"

全家错愕，接着大乐。儿子不理会，神情庄重，挖沙不止。

10分钟后，我想起另一个重要的问题，遂问："挖个洞洞看美国，来沙滩干什么呀，就在咱家楼下多好?"

儿子仍然平静地回答，"那多硬啊，还是沙滩好挖。"继续挖沙不止。

再次乐过之后，我好奇心大起，再问："你会不会挖出水来啊?"

答："当然。"

再问："先出水还是先出美国?"

再答："先出水，再出岩浆，最后才出美国呢!"

儿子仍然平静挖沙，顾不上乐。我心里可是乐开了花，"米国"人民多不容易啊，真真儿的水深火热呢!

老公又问："你挖到的美国人是先露出脚呢，还是先露出头啊?"

这个问题看来真的很重要，儿子也还没来得及想过。他终于抬起头来，很认真地看着我们，开始思考。

挖沙工程终于停止。美国不会掉到洞里来了。

四　头是我自己长的

儿子6岁半，为了证明他有自己独立的思想，呼吁"爸妈当局"

认清真相、充分重视,给予真正的尊重,儿子对全家人的身体结构作了认真的实地观察和深刻的对比反思,郑重宣布:"我的下半身是爸爸生的,上半身是妈妈生的,只有头,——是我自己长的!"

五 媳妇儿

1

我怀孩子的时候,周围的人都说看上去怀的是女儿,我也满心盼望着生一个像洋娃娃一样漂亮乖巧的女儿,领出去的时候甜美、贴心、充满灵气儿。那时候每每问老公:"就给你生一个漂亮的女儿,好不好?"那个人总是一脸诚恳地回答:"当然,当然。"婆婆也说:"生儿生女都一样的,一样的。"

生下来秀气是秀气,却是个小小子。医生把这个小人儿擦洗干净,就递到产床上来,和妈妈培养感情。他白白嫩嫩的,眼睛一睁一闭,小嘴噘成菱形,满眼好奇地上下打量我。这个做妈妈的,心里一下子就溢满了柔情。

同事来贺喜。第一句话说:"恭喜恭喜哈,得了个大胖小子!"第二句就戏谑:"嗨,从今儿起啊,你算欠人50万了!"那是当年的行情,买房加上娶媳妇,要命的贵法。这还不算,现在又看涨了,早已经不止这个数。

后来同事常有人向我通报:"自从你生了儿子,你老公啊,每天上班嘴巴都是咧在耳根上!"我也听见婆婆不断地对前来探望的人说:"独生子就又生一孙,我们姓殷的,这是修得好呢!"自得之情溢于言表。

是啊,还是儿子好!媳妇儿——还远呢,谁想她!(生女儿的妈妈们见谅啊。)

2

儿子上幼儿园第一年，我就发现形势一片大好。

第一次参加"六一"儿童节汇演，儿子受命跳两个舞蹈。我记得其中一个是"三个和尚"。老师把所有的男孩子都扮上，清一色的小白T恤，头上罩一条长筒丝袜，假装的小光头。儿子俨然排在前排三大主力的正中间，抿着小嘴，跳得像模像样，节奏感好极了。

最绝的是，我听见台下他们班所有留守的女孩子拍着手、跳着笑着，齐声叫着的竟是儿子的名字："笑笑真棒！笑笑真棒……"追星啊！

那是儿子小班结业的日子。后来我就逗他："儿子，咱长大了不要媳妇儿，行不？"

他痛快地回答："行！"该玩啥还玩啥。

玩转一圈回来，他就特意问问："媳妇儿是干什么用的？"眼睛亮晶晶的，一派天真烂漫的样子。

他爹就说："好么，先问清楚，咱可不能折了。"

3

上中班的时候，儿子有几个要好的小朋友。其中一个女孩的妈妈常来常往，也就成了我们的朋友，每次见面就"亲家亲家"地乱叫。

一天，在饭店用餐，等菜的间隙，儿子就指使爸爸取出一张纸来，撕成很多小片，一张张理好，叫爸爸写上好多个"＊＊＊（小丫的名字）"，郑重地说："这是我给＊＊＊的信，表示我们是好朋友。"呵呵，那个做爸爸的，就这样一边摇着头，一边笑着，叹着气写下去。

再一天，我一边收拾家务，一边训斥这爷俩随处乱丢杂物，屡教不改。只见儿子从玩具堆里抬起头来说："妈妈，我以后找媳妇儿一定要找一个习惯好的，要是她不收拾玩具，那多烦人，噢?！"

4

儿子上大班的时候,老师向我讲笑话。冬天了,要好的那个女孩子小手冰凉冰凉的,儿子就仗义地一掀毛衣,露出热烘烘的小肚皮,说:"放这儿,暖一暖!"听她讲完我就忍俊不禁,笑起来,特意问儿子:"真的?"这小东西不知错在哪里,就也笑了,竟有三分羞涩。

这一年网民都在批评明星蒋雯丽,只因她调侃了儿子的"媳妇儿"话题,拍的一则广告里,那个可爱又纯真的儿子用明净的童音说:"妈妈,我长大了,要娶你当媳妇儿。"有人气愤,说这种广告会教坏小孩子。

可是,言为心声啊。在孩子的世界里,思想的丰富远远不受拘于词汇的贫乏。他们朴拙的用词,有时候正在传递人世间最纯美的爱意。

就有那么一天,楼下锣鼓喧天,一辆美美的花车正在迎接一对新人。儿子趴在窗台上,伸长了脖子张望,然后很肯定地说:"妈妈,我也该结婚了。我已经长大了,我们结婚吧。你也做我的媳妇儿,我们也生一个宝宝!"

我拍着他毛茸茸的小脑袋,问:"那爸爸怎么办呢?"

他还是很肯定地回答:"爸爸啊,当然还是爸爸啊。"

哈哈,这一天天气好极了,蔚蓝的天空,明亮的阳光,真是个娶媳妇儿的好日子。

六　酷哥和嗲妹

儿子8岁了,舅舅家的妞儿4岁半。

周末聚聚,妞从麦当劳回来,带回一个蛋挞、一杯可乐、一个宠物小精灵。儿子馋馋地问妞:"蛋挞是给我带的哈?"妞细声细气地说:"是!"儿子马上去洗手。妞举着:"哥哥哎,你吃一口我吃一口,好不啊?"很嗲很嗲的细声。儿子很酷地回答:"好! 真烦!"

儿子盘在沙发上玩宠物精灵,妞紧紧靠着坐下,眼巴巴儿的。

"哥哥,我也想玩。"不理。

"亲哥哥——"白眼,教导她:"香哥哥!"

"嗯,香哥哥——"还是不理。

妞笑。拿小肩膀撞哥哥,"香哥哥、亲哥哥、乖哥哥——"十八道弯呀,晕!

酷哥还是更喜欢宠物小精灵,头不抬眼不睁。嗲妹自己享受发嗲的过程,眉儿眼儿全是笑。

嘿嘿,我们大人享受酷哥和嗲妹的精彩演出。

七　欲速而不达

儿子,昨晚妈妈和你一起听英语,你需要把带子反复倒到一个位置,听清楚"firecrackers"这个单词的发音。每一次都不能准确到达这个单词,而其他的你都已经听会。你渐渐烦躁起来,摔了录音机,并且满含委屈,以致落泪。

儿子,没有什么事情是这样如你所愿的、简单直接的就能成为你想要的样子,就像倒带子这样简单的小事也不能。

你去上学,来到路口,总需要左右看车,让一让,等一等,没有车的时候才过去,从来没有高喊着"我要过去"就往前冲。你知道那很直接,却让你危险。你小便尿急,进了洗手间,总是要等里面的人用完出来,才开门进去,从来没有因为很急很急就随地解决。你知道那也很直接很舒服,但却让你羞赧。我这样说的时候,你觉得很有趣,含着眼泪就笑了,你也听出了自己的烦躁来得"不可理喻"。

那么为什么你每次按键,录音机就一定要丝毫不差、准确无误地倒到你要的那一个单词呢? 录音机有这样的能力吗? 录音机有这样的义务吗?

听单词是"你"的目的,需要"你"付出行动付出努力,暂时达不到时还需要"你"付出耐心,调整自己,这和录音机没有多大关系。"欲速则不达",而且"己所不欲,勿施于人"。儿子,请你学会从客观的角度观察行动中的相互关系。只有这样,你才能负起你要负的责任,而你对了世界也就对了。道理很简单,但是每次做事情的时候人们就会忘记,这才需要常常记得,不是吗?

八　戏谑情

1. 爸爸和阿姨的结婚照

儿子 1 岁多,对人脸很感兴趣。看我们的结婚巨幅照,问他:"是谁?"

他答:"爸爸。"

再问:"爸爸和谁?"

答曰:"阿姨。"

2. 像月亮姐姐一样美

儿子迈进了 4 岁的门儿,最大的乐事是看电视,狂热地迷恋中央台儿童频道的一切节目。

一天,儿子盘坐在大靠背圈椅里,一对小胳膊趴在桌子上,垫着小下巴,全神贯注地看着《月亮姐姐讲故事》。室内无人语。

忽然,儿子悠悠地发出一声长叹,"哎——"然后,就听这个小人儿无限向往地说道:"妈妈,你要是像月亮姐姐一样美,就好了——"

我吓了一跳,赶紧放下手头的书,急问:"儿子,那怎么办呢?"

儿子侧过头，抬眼看我一下，又趴下去继续他的节目，迸出三个关键字："减肥吧。"

3. 你看，你看——这灯多漂亮

儿子4岁1个月。为了迎接母亲节，强化爱妈意识，我耐心地对儿子进行了"妈妈美"的教育。我细声细语地告诉儿子："你看，妈妈生了孩子就不再漂亮了啊，因为妈妈身体里的精华结成了一个孩子。妈妈爱孩子胜过爱漂亮。"

再一天，儿子看到了一本《家庭》杂志，封面是新婚而容光焕发的女主持人许戈辉。儿子举着它，说："妈妈，你看这个女人多漂亮！"我于是问："妈妈漂亮还是她漂亮？"

儿子满眼狡黠地回答："她漂亮！"说罢，转身就逃。

我把这小子抓将回来，扔在床上，挠他的痒。再问："谁漂亮？！"

儿子哈哈大笑着，大叫："她漂亮，她漂亮！"

我挠痒不止，儿子大笑无休。继续问："再说谁漂亮？！"

儿子在床上翻滚，哼哼着说："我、我、我，哈哈，不——知——道——啊——"

再挠再问。

儿子手脚并用挡着我的手，笑得鼻子、眼眉儿挤在了一起，上气不接下气地用下巴扬向天花板：

"你看，你看——这灯多漂亮！"

4. "笑"花

儿子14岁，微信签名已经堂而皇之地写着"最帅的人"。

初中同学聚会，老男生们神思逸飞，时光倒流30年，无限真诚地感慨："你的老妈，那是当年校花……"

儿子续上："什么'笑'？"

担心老妈的智商余额已不足，说完耸耸肩膀，静静地瞪圆了眼睛，抬下巴——

亮出"你缓缓顿悟吧"的包容。

旅游碎碎念

——生活成于细节

儿子，旅游是一种很好的学习方式，不只是到另一个地方看风景。旅行中遭遇人和事，人要不断处理事，每件事情每个人都有不同的处理方式，全部都是学问。

当然，你也可以随便地跟着爸爸妈妈，走到哪里就四处看看，开开心，放松而已。但是，读万卷书，行万里路，如果你要充实自己对人和事、对自然和社会的认识，丰富自己的人生阅历，再没有比旅行更透彻也更舒服的方式了。

这三天以来，妈妈在做订票的工作。自从周五和你的阿姨统一了想法，决定8月10日到8月16日期间共同出行，我们一直有些问题要协调。

首先，周一我就到单位向领导口头请假，得到了首肯。领导说那段时间应该没什么重要的工作，可以休假。心定下来，时间可以一致了，我马上发了一条短信给你的阿姨。你阿姨很快回了，我们都很高兴，决定马上行动。但是，我和你阿姨都没有说要怎样行动，我想其实我们在分头考虑两家不同的需求。

接下来第一件事，我上网去，仔细地查了来去的行程。8月16日回来的方式基本没有犹豫，要让你赶上17日的军训预备会，我们只能飞回来,而且不能坐深夜航班。妈妈每次旅游都是坐早班或者晚班飞机,这个钟点的机票最实惠,只是等机过程会更加辛苦。妈妈想让你得到充分的休息,给初次见面的初中老师留下一个精神抖擞的印象。这样,从海拉尔直飞青岛是在 11:20~15:00,能订到的机票面值是 1605 元;经转哈尔滨的航班,是在 16:00~17:00 从海拉尔到哈尔滨,然后取行李、换飞机,19:15~21:00 到青岛。虽然经转期间要等待 2 小时,并且有些麻烦,但是妈妈倾向于乘坐这一班飞机,因为下午起飞的时间合适,意味着我们可以在海拉尔多玩大半天,同时票价只有 984 元,便宜了好多啊!

去的行程就比较麻烦。我做了几个方案,甚至对着网上的信息做了简要的笔记。

1. 配合你阿姨的行程,到北京会合飞海拉尔。

行程约一天半,可以简单遛半天北京,我们三口人大约花费 4200 元。

2. 由青岛直飞海拉尔。

8 月 10 日飞有较好的折扣,花费在 4000~4600 元之间。

3. 到天津再飞海拉尔。

百佳妈妈也在准备去海拉尔旅游,她已经在网上研究了十几天,给妈妈出了个好主意:青岛直飞海拉尔太贵,北京是国际化大都市机票打折幅度太低,不如动车到天津再飞吧。这样算下来一个人最少省下 500~600 元,好诱惑呀! 我们可以把钱用在深度游玩上。怎么去不是去呢? 百佳妈妈时间充裕,还准备 8 日就出发,历时三天,坐火车北上呢,经济实惠,未尝不可。说实在的,如果还像往常有充裕的暑假,妈妈很愿意做这种慢游的背包客。时间不允许,我们动车一段、飞一段也可以啊。

晚饭的时候,你的阿姨打长途电话来,我把这一方案告诉了她。

你阿姨那边的第一反应是反对。

她没有提到经济方面的考虑,只是说深夜航班太辛苦,如果飞机晚点就更加麻烦,而且她坚持最好 8 月 11 日启程。

有那么一会儿,我在电话里只是应声,没有说实质性的话。我不想直接就反对别人,但是也不想放下自己推敲过的方案。

经济方面,我们的条件还没有达到不受任何束缚的水平,我还是挺在意少花钱多办事的。

时间方面,我三年来才请这一次年假带你出游,我想每一分钟都用在旅游地,而不是在家里等一天。

这两方面,阿姨肯定和我们有不同的情况。

她的经济自然是比我们自由得多,不用考虑;她的工作到 8 月 10 日才能在西宁结束,再和我们会合,赶路也好辛苦啊。我想她不太希望把儿子全交给我们带去海拉尔,安全上虽然没什么顾虑,但她当然希望川同学一路有妈妈在侧,也希望忙碌的丈夫看到妻子在照顾儿子的过程中没有缺位。这些不必向我们解释,她只是在电话里坚持。

你爹不高兴了。其实,我也有点不爽。

但是,三人行,必有分歧,没有一件事不需要磨合。我们都在电话里说,再合计合计,回头再说。

这等于行程没有定下来。

我又等一天。这一天下午,我看到网上的机票价格上涨了。机票每天都会调整,离出发的日子越近,订票越贵。

好在下班时,你的阿姨把请那边朋友设计的详细行程发来了。6 天。她说行程已经是按照宽松方式设计的,再加上一天,就实在太宽松了。

我知道,她是想让我们最好 11 日启程。

我没有马上回话。一方面我要开车回家,另一方面我也想坚持 10 日启程啊!出门前,我微信给她,说可以全权带着川同学直达海拉尔,先在周边玩玩,等她从容地来和我们在海拉尔会合,让她不必那么赶;甚至可以提前和你去她的家,帮着川同学准备行装,让她不必担心。

等我到家的时候,阿姨短信说,和海拉尔的朋友再商量一下,看看能不能加上一个景点,把行程扩充到 7 天。她基本接受了我们的想法。

没有只顾着考虑自己、坚决不顾及他人的人,只有没让别人准确地、充分地了解自己的想法的人吧,我想。

可是这时候,10 日和 11 日的机票都上涨到 1600 多元了;去天津的动车竟然也订不上了!真是惊人!

我和你爹发生了争吵,你看见了。

他说,我们就不应该和你阿姨一起出游,我不同意。自家人当然没冲突,但是也没有经历和解决冲突的机会了呀,我希望你多学习和别人相处,有冲突才有学习机会。

他说,事前没有征求他的意见,现在也不用找他商量,我不同意。现在就是解决订经济实惠的票的事,当然要人尽其能,落实下去,不就办成了吗!我把电脑塞给他,让他尝试各种订票渠道,毕竟他比我们更擅长这个。

订不上!各个网站都有自己的情况。动车的网站"不是给订票准备的",我理解了网民的抱怨。飞机的价格真的让我们头沉,钱这玩意儿,还真是越多越好。

　　我决定动用我在航空公司当副总的老同学。老同学总是比较实心实意互相帮助的,更何况三年前,我帮过他一个不大不小的忙。他立刻答应了。他没有说给我们多大的优惠,我也没问。儿子,不需要问了,知道他会尽力,也知道他一定会申请个优惠给我们。等着吧,该怎样怎样,怎样都比我们现在能做到的好。

　　今天一天,我都在等。早上有个上海的长途,可能是他吧,我在开车没有接起来。中午我给他电话,他很匆忙地说,正登机赴济南开会,会有人和我联络。下午他的副手来电,办好了,全5折。

　　我连声感谢,主动要了账号付款,细致地问清到哪里取票,挂上电话。5折。网上最好的折扣是7折,我想以他的权限,也许勉力而求可以申请到三四折吧。5折,对他是一个不为难的折扣,对我是一个喜出望外的折扣。真是个有度的人!我很感谢他,这个幅度刚刚好。我决定明天去取票,打款,然后致电感谢他!旅游回来,带点什么礼物给他好呢?有朋友真好,先在心里记下。

　　现在,我们订票的问题、日程的问题都解决了。我们将直飞海拉尔,早早地到,轻松地到,而且花费不那么让人心惊肉跳。我们将比你阿姨提前一天到,早玩玩海拉尔周边,你阿姨已经协调并增加了阿尔山这个景点,扩充到7天。川同学能和我们早玩的那一天,都是人文景点,阿姨说她自己看不看都不介意,能和我们会合了看草原美景就好。

　　心都顺了,没什么冲突。挺好。

　　儿子,这个过程有点琐碎,小冲突不断,大方向不变,定好大家都想要的票,定好大家都喜欢的行程,这件事就成了。我不遗巨细地陈述出来,是想让你看见——

　　第一,好事多磨。没有哪件事不需要磨合,大事大磨合,小事小磨合,别怕磨合。我们只是太缺少把事情都磨合到好的方向的能力。这个是真缺啊!不认真学还真不行!

第二,不要极端地指责和恨恨地撂挑子。解决问题,让大家都受益。做个能解决稍微复杂的问题的人,于人于己都好。

第三,零零碎碎,细细琐琐,这就是人间烟火。

你觉得呢?

妈妈

2013.8.6

做给儿子的摘抄

——单飞,你有艺傍身了没?

儿子15岁,我们有很好的交流。每天放学回家来,我会例行地问:"儿子,今天在学校过得怎么样?"于是小伙子开始有事说事,无事报平安。

报平安的时候少,儿子通常会以这样的句式开头:"我去,今天＊＊＊课上我们做了一道'鬼题'……"这是要说学习;"今天,＊＊＊出了个事情,匪夷所思啊……"这是要说事情。我很开心,听得出小伙子想与你交流,有求知若渴的诚恳。我想,在成长中他是希望有人能够和他分享他的收获他的疑问,有人给他指路,有人给他做精神后盾的,不是所有的年少叛逆都"自绝于人民"。

但是他有几件事情不和你说。

一是女孩子。张三和李四,哪怕王二麻子的八卦已经满天飞,他不提。他自己?更不提。是羞于出口?还是自觉地有了免疫力?

我不知,就把程序设定为他正带着自己渐成渐长的理性,体会或忍耐青春期的懵懂。他想让它首先成为一个人的秘密,我盼着有一天他可以和我摊在桌上讨论。

二是理想。将来要成为什么样的人?要从事什么职业?要过什么样的生活?要实现什么宏图大志?他不说。问一问,他会说:世界变化这么快,我哪知道将来能干什么?现在选好了,将来有没有那行当都还不知道呢!"诱惑"他一下说"最起码你挣个大房子回来吧,养着老妈,过一种上等点的生活",幼儿园时代他会很诚恳和恳切地点头,使劲儿地回答:"嗯嗯!"后来就很慎重,一直没有明确地全盘接受任务。我把它理解为他是个对自己负责任的小孩儿,一诺千金,就更会仔细掂量了再领受。

还有就是他开启了屏蔽模式。他的 QQ 每日聊,甚至深夜聊,但是屏蔽了老爸老妈;他的微信开通了,我每天给他发送精心选摘的文字,他连一个"嗯"字都没有回过。

我忍了。我相信他是一个好孩子,而且是一个不错的、用心过每一天的好孩子。

我开始从他的生活里退一点出来。每天晚上吃饱喝足,我就回我温暖的床上看韩剧,像一个"弱智浩二"的老妈,以专题教学的形式,看遍了所有叫得上名头的长腿欧巴的电视剧。我不给他看功课检查作业,不陪他复习到深夜,可是,我在他隔壁的卧室里按照年代编码,从每一个欧巴出道的年头看起,把他们形象的变迁和戏路的优化看出一个系列来。一个帅气、正气、有勇气的阳光暖男是怎样养成的?我在韩剧里找到了塑星的脉络,甚至有了做经纪人的心得。有时候,我会有下载经典韩剧给儿子学习一下的冲动,看看他紧张的时间表,终于作罢,但一定会找到个由头就展开点议论,给他说道说道。

我比以往时刻更加注意内在修炼。对心理学、社会学、哲学、人文历史书籍都保持阅读的热情，网络的心灵鸡汤，电视台的综艺节目人文访谈节目，来，来，来，开卷有益。不是看看就作罢啊，我会做一个虔诚的秘书，把精髓整理出来，发给小子"审阅"。

不是说一个好女人就是一所好学校吗？我费了台下十年功，想做一个不露痕迹的好学校。

还不错，他很好。可是状态真不稳定啊。

他和父母很贴心，但有时候他会对着老妈很没礼貌地说："看看你那智商。"

他在外面是个随和有修养的小孩儿，但有时候他用偏激的观点和几乎刻薄的语气，评说他遇上的一些个小事儿，这个不应该发生，那个怎么会这样。有时他几乎不允许自己的身边人还会有人性的弱点，偶尔他也犀利地评论："＊＊＊绝对不允许我们提出疑问和讨论，他认为我们质疑的所有问题，都是在质疑他的人格！"他对人格和人性的体会正在敏感期，非黑即白，灰是可耻的。

他学习的时候绝对不怕吃苦，一定会言出必行；但是在会考的时候，在期末考的时候，他会在自己最信心满满的学科上马失小前蹄，阴沟翻小船，跌一个不失大雅的跤，犯一点审错题漏写数算错答案的错误。错的程度，刚刚好给他自己"追求卓越"的目标抹完黑。

他一直在"良好中"，似上非下。他是一个努力了的普通小孩。

他一路在做"不唯上、不唯书"的成长挣扎。他追求正能量，更希望不玩那些虚的，能马上就看到自己在正能量面前有掌控自如的力量。

而我和老爹是那个施肥的人，长成什么样，还是得靠他自己顶着。

有一天,读到钟启泉教授的力作《核心素养中的"核心"到底在哪里?》深深感佩。字斟句酌地读了几遍,把其中"教学"云云的字眼统一换成"学习",转换了一下角度,再删繁就简,去掉小孩儿看不懂的术语,发在儿子的微信里。为了让小东西读懂,连段落也简化了一下,用心良苦。

剪完的文字如下:

核心素养不是先天遗传,而是经过后天教育习得的。核心素养也不是各门学科知识的总和,它是支撑"有文化教养的健全公民"形象的心智修炼或精神支柱。

基础教育的使命是奠定每一个儿童学力发展的基础和人格发展的基础,我们期待于学校教育的是,从儿童人格成长的角度,不是局限于一门学科的知识,而是有长远的展望,寻求课程与教学的改进,思考学习方式的变革。

关于一个思想和能力健全的儿子最需要养成的学习力,如下:

一是五大支柱说。

联合国教科文组织 2003 年强调,核心素养的培育需要终身学习,终身学习也需要核心素养。终身学习的五大支柱彼此关联,同时涉及生命全程与各种生活领域:

学会求知(learning to know),包括学会如何学习,提升专注力、记忆力和思考力;

学会做事(learning to do),包括职业技能、社会行为、团队合作和创新进取、冒险精神;

学会共处(learning to live together),包括认识自己和他人的能力、同理心和实现共同目标的能力；

学会发展（learning to be），包括促进自我实现、丰富人格特质、多样化表达能力和责任承诺；

学会改变（learning to change），包括接受改变、适应改变、积极改变和引导改变。

二是关键能力说。

经济合作与发展组织 2005 年提出，知识社会要求三种关键能力：

第一种是交互地运用社会、文化、技术资源的能力，包括运用语言、符号与文本互动的能力，如阅读素养、数学素养；运用知识、信息互动的能力，如科学素养；运用科技互动的能力。

第二种是在异质社群中进行人际互动的能力，包括同他人建构和谐人际关系的能力、团队合作能力和管理与解决冲突的能力。

第三种是自立自主地行动的能力，包括在广泛脉络情境中行动的能力；设计并执行人生计划、个人计划的能力；表达并维护权利、利益、责任、限制与需求的能力。

三是八大素养说。

欧盟 2005 年发表的《终身学习核心素养：欧洲参考架构》提出终身学习的八大核心素养：母语沟通，外语沟通，数学能力及基本科技能力，数位能力，学会如何学习，人际、跨文化与社会能力及公民能力，创业家精神和文化表达。同时提出贯穿于八大核心素养之中的共同能力，如批判性思维、创造力等。

在"核心素养"牵引下，从学校课程汲取"学科素养"或"学科能力"需要有如下三个视点的交集：

一是独特性，即学到学科自身的本质特征。如语文学科中的文字表达、文学思维与文化传统,数学学科中的数学思维与数学模型的建构,历史学科中的历史意识、历史思考与历史判断等。

二是层级化,即学科学习目标关注到如下序列:兴趣、动机、态度;思考力、判断力、表达力;观察技能、实验技能等;知识及其背后的价值观。这种序列表明,学科学习的根本诉求是学科的素养或能力,而不是单纯知识点的堆积。这颠覆了以知识点为中心的学习目标。

三是学科群,即语文、外语学科或文史哲学科,数学与理化生等学科,音体美或艺术、戏剧类学科,它们之间承担着相似的学力诉求,如直觉思维与逻辑思维,自然体验与科学体验,动作的、图像的、语言的表达能力等,可以构成各自的学科群。

对,这就是我们想要的,我们就是这样想的。

小伙子不是觉得自己已经足够强大足够有思考能力了吗? 不是觉得我等的智商余额已不足了吗? 好东西就摘抄在这里,自己读自己想自己做去吧。

儿啊,潜心看路,慢慢起飞。

(豪妈,毕业于山东师范大学教育学院,教育硕士。全国心理健康教育先进个人,山东省心理科学研究成果一等奖获得者,青岛市教育管理先进个人,市南区专业技术拔尖人才。)

豪爸分享

阅读

——孩子伸向世界的"手"

给儿子读书,这种做法源自我自己对阅读的兴趣。最初,是为了教儿子识字,后来,我和儿子被书中有趣的故事所吸引,读书时间成了父子俩的开心时刻。阅读,就变得越来越欲罢不能了。

儿子"听书"始于他还不会言、不能爬的时候。彼时儿子还未满月。一天晚上,我抱着儿子在屋内闲逛,偶然抬头看到天花板上的顶灯,便指着对儿子说:"灯,灯……"说了几遍后,我问儿子:"灯呢?"儿子竟然使劲挺着身子,将头扭向灯的方向。儿子这个偶发的举动,让我决定开始给儿子读书。

从此,睡前读书,成了儿子每一天中的最后一项活动。

其实,阅读对于婴幼儿来说,更多的应该从"读世界"开始。我每次带着儿子出去玩,都会不厌其烦地给他介绍在外面见到的人、景、物。

"这是灯柱。灯柱很高。往上看看。"

"这是树,这是草。"

"这是大海。大海波涛汹涌,哗哗——海风呼呼地吹,呜呜——"

......

虽然他还不会说话，但我知道，他是懂得的。

孩子的精力是无穷的。儿子"听"起"书"来不知疲倦，往往是，他听得津津有味，我却读得昏昏欲睡。一天晚上，斜倚床头、心已入梦的我，手里依然捧着书，嘴上还在不知所云地"读"着。忽然，被一阵急躁的咿咿呀呀的声音惊醒，睁开眼，迎面正撞上儿子怨气十足的眼神。于是，我赶紧向儿子道歉，重新打起精神，继续声情并茂地读起书来。

随着儿子年龄的增长，我给他读的书渐渐地从图多字少到字多图少，内容上，也从单纯的童话故事，拓展到历史人文及自然科学等。他也慢慢开始自己读书了。

最初，对于阅读对孩子成长的作用，我是没有什么意识的。伴随阅读，儿子身上出现了一些令人惊喜的变化。

首先，儿子喜欢提问题了。

一次，我在给他讲"珠穆朗玛峰现在还在不断抬高上升"时，儿子突然问道："那它会不会'长'到天上去啊？""应该不会，地球外面有大气层，大气层就像人身上穿的衣服，人再胖也不会胖到衣服外面去。"我说。

从儿子学龄前开始，这种急中生智的问答，在我们父子俩的交流中经常出现。虽然事后看来，这种解释有值得商榷的地方，但是在当时，儿子听懂了。

喜欢提问题，是孩子了解这个世界的开始，也是孩子学习意识的表现。

其次，从小学到初中，儿子在学习上没有遇到大的困难。

上小学以后，我就开始让儿子练习自己读书了，最初是较为简单、通俗的故事书,到了四年级以后,我便开始给他读《三国演义》,这是我很喜欢读的一本书,读过多遍。这本书的后半部分,是儿子自己"啃"下来的。不经意间,儿子接触的《三国演义》里的古典白话文,为他初中阶段文言文的学习打下了较好的基础。

在网上淘书,我偶然发现一套"我的第一本"系列的书,网评不错,于是买下。就这样,在小学五年级这一年,儿子开始正式接触物理、化学、生物方面的知识。

儿子在学习成绩上不是最优秀的,但是,学习对他来说,是一件较为轻松的事。

十几年"阅读",让儿子健康地成长;十几年的"伴读",也让我的很多观念发生了很大的变化。

孩子的接受能力是无穷的,这是我在和儿子之间的"机智问答"中获得的最大的感受。只要采用适合孩子年龄特点的方式,很多较为高深的知识,学前的孩子接受起来也不困难。这是我较早开始给儿子阅读的原因所在。

除了吃喝拉撒,阅读是唯一一件孩子可以一辈子都可做、一辈子都可以受益的事。

在所有的学科中,语文被称为"国学之母,百科之源"。语文学得好坏,将会影响其他学科的学习。苏步青担任复旦大学校长时说:"如果允许复旦大学单独招生,我的意见第一堂课就考语文,考后就批卷子。不合格的,以下功课就不要考了。语文你都不行,别的是学不通的。"

在小学阶段,三四年级是一个"分水岭"。这时候数学开始出现文字题,一些从小没有养成较好的阅读习惯的孩子,在对用文字表述的题意的理解上,可能会出现问题。到初高中阶段更是这样,文理各学科都有用文字表述的题,正确解读文字,理解题意,是正确答题的前提和基础。

这是阅读在学习上的作用。阅读,在孩子身心发展方面的作用更是不言而喻的。

儿子上初三以后,虽然学习很紧张,用于静下心来专心读书的时间越来越少,但我仍然在坚持。这学期,我开始给他读哲学方面的书。现在看来,其实哲学方面的阅读,是可以更早一些开始的。恰逢他在学校里开始学习写议论文,这让我更感觉到哲学对孩子的重要。有了正确的世界观和方法论,在写议论文的时候,孩子会较为全面地看待问题,观点不会偏激。虽然议论还显稚嫩,素材的积累和使用还很不足,但儿子已经喜欢上写议论文了。

在积极引导陪伴儿子读书的同时,我也一直关注着"大阅读"——读世界。看电视新闻节目,是了解社会的重要的途径,早餐时间看央视"朝闻天下"是我家的保留节目。

大约在儿子上小学五年级的时候,听说有一位老师专门给孩子举办讲座,讲授人文知识,我就带着儿子去听了一次,感觉不是太好。老师的某些观点与20世纪80年代的"愤青"颇有些相似,此事就此作罢。

事虽未能成,但从那时起,我便开始留意电视和网络中相关的栏目。很快,广东卫视的《财经郎眼》和优酷自媒体栏目《罗辑思维》等栏目便被选入儿子"大阅读"的目录。独特的角度,先进的理念,新颖的观点,精辟的分析,我和儿子都被深深吸引。从经济学的角度解读社会现象,"保守主义"、"民主"、"文明的产生"……在"大阅读"的过程中,诸多新颖、前卫的观点,成为我们聊天的内容,让我受益匪浅,也在潜移默化地影响着儿子对人、对事的看法,相信对他今后的学习、生活,乃至以后的工作,都将会产生较好的影响。

让孩子健康、正常地成长,这个教育目标,是我在陪儿子阅读的过程中慢慢领悟并逐渐坚定下来的。孩子一出生,就开始用自己稚嫩的"小手"抚摸这个世界,感知这个世界的"软硬冷暖"。虽然出发点是我的兴趣使然,但我还是庆幸给孩子选择了"阅读"这个"玩伴"陪着儿子一起成长。在"阅读"中,我也在和儿子一起成长。

孩子的成长,是一个逐渐与父母、家庭"分离",独立面对自己的生活的过程。学习,是孩子在学生阶段必须要面对和处理好的事,如同工作是孩子走上社会必须要面对的事,既然是必须要面对,那就轻松快乐地把事情做好。我对儿子的期望,就像一首歌里唱的那样:"什么事也难不倒,一直到老。"

而"阅读",让孩子伸向世界的"小手"逐渐成熟,不惧怕碰撞磕绊。

(豪爸,毕业于山东师范大学教育系,教育学学士。青岛新清大学堂高效阅读讲师。)

磨文照

家长寄语："我手写我心"，子豪自小对写作有一些兴趣。但从"写下"到"写活"，从"写文字"到"写想法"，他自发自愿地，我们也肩扛手扶地，经历了几段投入的练习过程。这本文字是他一个小小少年的稚嫩拙作，就写作而言他还有着海量的不足，见识上的，文字功力上的，品性、文性上的，等等；更何况我们对他的期望本还在文字之外。小试牛刀，离不开"磨刀石"的打磨，我们也把他磨炼文字的过程拍照留念，姑且称作"磨文照"。

请他记得：

台下十年功是万事的前奏，没有事情能够随随便便成功，简单得像"写字儿"这样的小事也不行。

（照片见文前彩图）

后记

步步成长步步情

——写在感动之后

合上这本"书"（我知道它更像是一个小册子），终于将自己的多年心血完整地完成了一个整理、回顾，我的内心里能说出和写下的只有两个字——感动。

这本书离不开语文老师们对我的帮助与鼓励。

努力写本书，最初是小学语文老师刘佳佳老师给我灌输的语文学习的最高理想。"以自己的亲笔文字成书"，就是从那时起培养起的远大志向。正是有刘老师的宝贵的教育引导，我才有了一丝创作的胆量和一点写作上的小小雄心。升入初中后的语文老师郭刚田老师，也是我眼中弥足珍贵的引领者。记得很清楚，第一次向郭老师呈上自己的暑假文集时，心里还有羞怯甚至胆怯；也记得收到郭老师"后生可畏"的大段回复后，自己又惊又喜；更忘不了跟郭老师求学一年，课堂上往往来来给我的一次次启发和激励。再后来，一直到现在，在繁忙而紧凑的初二初三学习中，李爱语老师带领我埋下头去，字字句句向美文学习，那些精美的古文篇章，在李老师的严格督促下字斟句酌、一字不准偏差地灌注进我的脑海里，令我每每回味反刍，都觉得我们中国人的语言文字"信、达、雅、美"，决不能轻而视之。身边的老师们无不以自己对语文、对语言文学的热爱和他们不同的热爱方式,感染着我,引导着我,丰富着我,在我每一段发展历程中给予我最需要的帮助。有了他们,我才得以走好成长的每一步,步步向前。

这本书不可以说是我个人的作品,应当是我们全家多年辛勤的成果,是父母养育我的第一次小有收获。

父亲是位睿智的读书人,每天都为我报好文、好观点,并令我吸收。早晚的空闲时间是我们阅读、接受信息的重要时段。清晨早饭时,父亲就播放起了《罗辑思维》《财经郎眼》节目,我们一起看它们引古谈今,分享各色话题。这些节目无法用"有趣"与否评价,但每周一更新,下次更新前我无论如何都会把当期看完。为什么?不只是孝顺地顺从,而是其中的新视角新知识对我真的有智慧上的冲击,引出了我的求知若渴。每晚睡觉前,父亲还会念上一段书,那是我俩从我小时就养成的习惯。父亲读一段,我们就讨论一会儿,入了兴头,就再读一段。几番来往经常拖一个多小时,直到两眼打架,再也不能凭意志睁开才罢休。正是有父亲长期、大量地向我传输经他甄选的好文好识,才逐渐有了我自己慢慢多维起来的思路和渐渐丰富起来的知识储备。父亲在读书上无疑是睿智的,和父亲在一起学习的每一天我都在成长。

母亲是位出色的引导者。虽然工作忙,但母亲一有时间就带着我"磨文",就是命题写作,再由母亲指导。和母亲"磨文"的过程,对我来说好似身心的历练,有时狠且痛,有时爽且兴奋,让人欲罢不能。

力所能及的时段,母亲会布置一篇写作任务,连续几周不厌其烦地叫我修改上几遍。我就挤出每晚时间来写,虽然初二后每天作业会写到晚上 10:30 以后,但我坚决保证一周内完成一遍任务,且努力挖掘自己的最高水平。然后就是磨文了。不破不立，磨的过程必少不了疼痛。母亲和我坐下来，自认为的美文在母亲笔下被一一击破。母亲从不说"概括"的面上话。"这里的景色写的是套话，高不是五台山的特点，写不像就没有必要看你写的，你得如此这般……"俯视仰视，远观近观，宏观微观，实景虚景，放进人文文化中去看，写一个景色，在母亲道来竟有如此多的角度。"这件事情不能省略掉这样的细节……"一件事，写实处抽丝剥茧，通过描述它的人文背景增加它的厚度，通过描述它的前因后果增加它的现实力量，通过抓它的特写镜头增加它的细节穿透力……我常常一点即透、恍然大悟，就像被戳破了窗户纸，乐得马上提笔就改；又有时晕了头，挣扎着咬着牙要弄明白，改一遍，还是会晕。有时看到自己的小小得意处竟被推翻，自然心痛地大吼；有时出现了大分歧，我不退让，她也不会退让，寂寞无声的僵持直到我幡然醒悟才会被终结。这个时候，母亲就会又给我讲一遍大道理："磨文，不只是磨文字，更是磨文思磨价值观念，你得成熟地看事情才能写好事情，小伙儿，晓得没？"是啊，一次又一次磨文，磨出的固然是美文，在一次又一次"磨—吼—悟"的过程中，也磨出了我日渐多维的视野和日益成长的心智。在所谓"青春期"的渡口，正是有了这一次次的磨，才使我感受到自己的思想踏踏实实地走向成熟。

　　除此之外，这本书的定稿，还有爷爷的很大帮助，他用传统和正统的价值导向，不断地提醒我审读自己的文字；还有曾莉阿姨的很大帮助，她是一个出色的心理健康教师，给我的建议常常超出文字之外；还有潘峰叔叔的很大帮助，他热心地给我拍照，因为"照片可以传递出阳光少年的正能量"；还有为我提供写作素材的凯文、江南、牟晋润等好伙伴；还有给我一个小小少年认真写点评的董吉贺叔叔、武建芬阿姨、苏静老师,等等。一本小书,让我见识到了如此多正直向上而且善良热心的人,得到了如此多的帮助和关爱,在此我要真诚地表达我的感谢,并深深鞠躬。

再次合上此书,我的整理已经告一段落。正如父母一直告诫我的:因为要付梓印刷的客观事实,这本书给了我太多正面呈现自己的机会,而它的光芒也为我遮了许多的丑。还有很多的角度,我还远没有想要做到的那样完善,前路已在脚下,等待我新的出发。

殷子豪

2015 年 12 月 28 日

推荐语

一个年仅 15 岁的少年，对生活中的人、事、物等，用心观察，细腻感悟，用他生动的语言、灵动的笔触、精致的文字，活灵活现地再现了他从小学到初中历程中的一些重要发现，内容丰富多彩，如临其境。细品子豪每篇文章，时而忍俊不禁，时而为之感动，时而又心生敬意。

我从小就不喜欢写作文，去书店也很少有耐心认真读完整本中小学生的作文书，哪怕是为我自己的孩子购买的一些作文范文，也很少静下心来去看。因为我一直刻板地认为，很多中小学生的作文是"为赋新词强说愁"，缺乏对生活的感悟和体验，因而也就缺乏了灵气和精彩。然而，子豪同学的文章，却改变了我的看法。他的每一篇文章，立意都很独特、生动、精致，每篇文章的语言都那么有趣、幽默、深入。"读书破万卷，下笔如有神"，子豪的作品，让我感受到了他深厚坚实的阅读基础；"读万卷书不如行万里路"，子豪的作品，让我看到了他用脚丈量祖国大好山河的步伐。这要归功于子豪的爸爸妈妈对他用心的培养。

这是一部试图塑造成长中的少年的内心世界的力作，值得一读！

武建芬

（杭州师范大学教育学院学前教育系主任，副教授，硕士生导师）